《红楼梦》丝绸密码

李建华 著

上海科学技术文献出版社
Shanghai Scientific and Technological Literature Press

目录

序 / 1

自序 / 5

———

之一　《红楼梦》四大家族原型之谜 / 9

之二　江宁织造之谜 / 29

之三　皇帝的秘密任务 / 53

之四　金陵史家与苏州织造 / 71

之五　杭州织造之谜 / 91

之六　一荣皆荣，一损皆损 / 111

———

附录　人物传记 / 135

序

"织为云外秋雁行,染作江南春水色。"白居易千年之前的诗篇此刻想来恰可以做李建华先生新书的最好注脚。李建华先生的这一本《〈红楼梦〉丝绸密码》,正是包含了清帝国的中枢与江南三织造、与《红楼梦》四大家族原型之间千丝万缕的联系,"云外秋雁"恰是北方帝国中心的所在,而"江南春水"则是江南三织造的官邸之处。诗句之中的这一"织"、一"染"更是织染出了一个华丽王朝,一把辛酸泪,最终羽化为满纸荒唐言和一个不朽的传奇。

李建华先生是江南人,我们相识也恰是在江南的水天之间。丝绸纺织专业出身的他,对丝绸的历史与文化有着巨大的热情,数十年来在丝绸文化研究领域执著前行,躬耕不辍,这一份执著、这一种热情,让我印象深刻。李建华先生正是以历史为经,以文化为纬,以《红楼梦》为纹样,织就了眼下这洋洋十多万言的锦绣文字。细细读来,李建华先生的《〈红楼梦〉丝绸密码》当有四点新鲜之处。

其一,打开认识丝绸文化的一扇窗。丝绸在中国传统文化中是一个熟悉的"陌生人"。熟悉源自于其在浩淼的光阴长河中,俯拾即是,任掬一捧片羽吉光在手中,便可见其为衣、为裳、为帐、为幔、为诗、为画、为梦、为幻,数不尽的雍容堂皇、道不完的风华绝代描摹了千年的浮世绘影。陌生则来自于人们对于瓷器、玉器、家具的收藏,并如数家珍般地津津乐道于铭刻其上的文化与故事,相关的书籍、影视更是不胜枚举,但人们对于丝绸历史与文化的了解却是寥寥,除了丝绸之路的漫漫驼队,除了海上丝绸之路的点点白帆,除了在影视剧中的服饰、帷幕、屏风,似乎再难以想起什么。究竟在其光影斑斓、温婉柔滑的背后有着怎样叹为观止的经纬奇观?曾经那些精美绝伦的衣阙、帐幔、屏风之下,又掩藏着几许悲欢离合?抽丝剥茧之后,那些惊世的华丽背后又预言着何许的世事沧桑?好在,李建华先生作为一位丝绸专业人士结合着其对于丝绸历史文化多年研究的巨大热情,将这一本书奉上,为我们打开了一扇窗,让我们一窥堂奥。

其二,解读《红楼梦》的一把新钥匙。一部《红楼梦》的皇皇巨著背后,在那华丽文章的字里行间隐藏着太多精巧的隐秘,层叠着太多待解的谜团,以至于数百年之间,无数的学者、文人、读者沉醉于其间,诸多的学说、流派、观点也是异彩纷呈。曾经的"一把辛酸泪,满纸荒唐言"依然静静地在那里,不远不近,但它身边的热闹与激辩也不停息地在那里,不离不弃。在漫长的中国文学史上似乎没有一部作品有着如此之高的人气,也似乎没有一部作品有着如此之多的猜测与争议,红楼一梦之间,已是百年。但纵观数百年的研究与争论,大多数的研究者更多是从文本角度、历史角度、文学的角度来对《红楼梦》进行深入地解读,而李建华先生却凭借着丝绸专业的优势,另辟蹊径,以丝绸为钥匙,紧扣小说中作者对于丝绸的细致描写,对照历史真实,尝试着以一种全新的视角发现作者早已隐藏于其间的蛛丝马迹,揭示《红楼梦》中的"假语存,真事隐"。慢慢读来颇有耳目一新之感。

其三,点亮历史角落的一盏灯。有关于江南织造的来龙去脉,有关于江南织造的特殊使命,有关于围绕着江南织造的兴衰沉浮,并不为大众所熟知,在风云变幻的大时代旋律之外总有如此的角落,鲜为人知,蔽于历史的尘埃之下。如果有一盏又一盏灯能够照亮这许许多多的历史角落、拂去经年累月的尘封,那样的历史将宛若新生,触手可及之处会有人性的温度。李建华先生的《〈红楼梦〉丝绸密码》正是以《红楼梦》为切入点，以丝绸为解密的钥匙，追寻的就是小说中四大家族的原型——江南三织造的真实历史原貌。李建华先生在书中悉心搜集和梳理了诸多有关三织造与顺治、康熙皇帝往来的密折朱批，通过真实的历史文件档案勾勒了一个又一个织造家族绝不平凡的侧影。

其四，开拓普及丝绸知识的一个路径。在李建华先生的字里行间，原本专业晦涩的丝绸专业词汇变得生动有趣，活灵活现。诸如成语"天衣无缝"是怎样与皇家龙袍制作有着密切的关系？《红楼梦》小说里价值连城的"孔雀裘"是否有着真实的影子？真的"孔雀裘"究竟是否为孔雀羽毛所制？历史中真实的圣旨究竟是否就是在影视剧中所见到的样子，还是另有模样？所谓"缂丝"的工艺是怎样在丝绸之上完成精雕细刻的？诸如此类生动并饶有趣味的话题可谓是纷至沓来，让人应接不暇。通过如上这些从书中任意撷取的片段，可以感受到李建华先生内心中那一种对丝绸、对文化的挚爱，以及迫切将其中的真、其中的善、其中的美分享给大众的一番苦心。

永恒的红楼一梦，静静的江南三织造府邸，映射着万千悲喜人生的那一段锦绣，都聚首于此间，静待李先生的开讲。

是为序。

高峰　中央电视台副台长
2014年10月于北京

自序

历经一年多的准备,《〈红楼梦〉丝绸密码》在中央电视台《百家讲坛》正式开播,亲人、好友的祝贺如潮水般涌来,还没来得及仔细看看自己的片子,也还没来得及感慨,就已经陷入欢喜的忙碌中。待到热闹退去,独坐下来,打开电视,看着眼前屏幕上那个滔滔不绝的人,脑海中的画面却已经不由自主地切换了。

记得两年前,因为《字说丝绸》的出版,杭州电视台的朋友便来与我商议,他们想推出一档同名的丝绸文化访谈节目,请我做主讲嘉宾。做电视访谈节目不是易事,再加上公司的经营事务本就让我无暇分身,这对很少"触电"的我来说是个不小的挑战。可当时我还是毫不犹豫地应承了。因为丝绸,真的太需要被重新认识与更好传播了。

我是学丝绸专业出身的,我们的专业主要是学习怎么缫丝织绸、怎么印花染色,纯属学技艺的。对于丝绸文化的学习,既没有系统的课程,也没有专门的老师,只是自己零碎获取一些。工作以后基本上都是在丝绸行业，但也是以技艺和生产为主。在过去的几十年中，我对丝绸的认识和大家一样，它就是一种面料，一种中国人用了好几千年的面料。但是这种中国人用了好几千年的面料，进入现代工业社会后，却遭遇了最严重的危机。它的生产周期长，产量相对较少，而且十分娇嫩，需要好好保养。这让大多数习惯了快节奏生活的现代人产生了一种敬畏感，在他们心目中，丝绸好是好，但是贵而且不实用。再加上现代人有成千上万种选择，比如廉价且可随意变换的化纤面料，就更让他们觉得亲切、实用。所以，丝绸似乎变得不再那么受人需要了。一个不受人需要的产品，随时都有可能湮灭。这是丝绸的危机，也是整个中国丝绸产业的困境。

有困境了怎么办呢？于是我们想到要技术创新，要品牌创新，这些都是对的，但是静下心来自问，我们真的了解丝绸吗？它真的可以被化纤、棉、麻等取代吗？曾几何时，我一个学丝绸专业的人，都回答不上来这个问题。于是从2008年开始，在繁杂的工作之余，我开始从非技术的角度，重新审视丝绸。最早让我注意到的，就是我们平时习以为常的那些带"纟"偏旁的汉字，比如统、结、红、绿等，深入研究后才知道，一个汉字就是一扇大门，透过这些字，我们不仅能探究到古人究竟是如何生产、创造丝绸的，更能惊奇地发现丝绸在数千年的岁月中，已经影响到我们这个古老东方文明的方方面面。大到意识形态、经济格局、政治体制，小到人们的生产生活、日常礼仪、思维方式等，都可找到丝绸在其中的奇妙作用。它似乎已经成为我们这个民族血液里的一种基因。这让我终于明白，为什么今天的人虽然不常用丝绸，但是一说起它，总会有一种情愫，尽管这种情愫有一些说不清、道不明，但却是真实的存在。棉、麻和丝绸一样绿色舒适，化纤可以做得比丝绸更美丽，但它们无论如何也抵不过丝绸在中国人内心深处的地位。正如前面所说，即使人们不用丝绸，但仍觉得丝绸是好的，对其存有敬畏之心。或许这就是丝绸能和中华文明一起延续五千年的奥妙所在，或许这也是丝绸仍能在未来工业文明中独辟蹊径的力量所在。那么如何让这种说不清、道不明的情愫能得以清晰地释放，成为支撑整个丝绸产业发展的力量，我想普及宣传是最重要的途径。

2011年，经过几年的积累，我编著的《字说丝绸》一书正式出版，全书从汉字角度阐释丝绸与丝绸文化，并力求以简洁、趣味、符合现代人阅读习惯的方式引导读者了解丝绸，这是一种普及宣传。2012年，和杭州电视台合作的丝绸文化访谈节目《字说丝绸》也正式录制完成，同样以汉字为线索，结合生动有趣的故事讲述丝绸，这也是为了宣传普及。在《字说丝绸》的杀青宴上，电视台的朋友们半开玩笑地说，中国最好的文化节目《百家讲坛》好像还没讲过丝绸文化呢，李老师或许可以上去讲讲，也好让更多人理解丝绸，热爱丝绸。

机缘巧合，经杭州电视台牵线，央视《百家讲坛》栏目组竟然真的联系到了我。经过半年多的相互了解、磨合，最终确定了以大家耳熟能详的《红楼梦》为切入点，讲丝绸文化中一个重要的课题——江南三织造。看过《百家讲坛》的观众们都知道，它的节目形式真的是非常简单，但是上过《百家讲坛》的老师们都知道，要主讲这样的节目真的太难了。每一集节目，都要一个人字正腔圆流利地讲述一个多小时，还要跌宕起伏、引人入胜。这对主讲老师的知识底蕴、记忆力、普通话、仪态举止等都是巨大的挑战。对我这样五十多岁、理工科出身、"触电"经验不算多的人，这种挑战几近极限。俗话说，不疯魔，不成活，于是在筹备、录制的一年多时间里，我每天都要戴着老花镜逐字逐句研究清史著作、研究《红楼梦》，每天都要像幼儿园的小朋友一样，一个字一个字，咿咿呀呀地矫正吐字发音，还要像戏班里的学员一样，一板一眼地训练腔调、姿势、眼神，个中甘苦，自不必说。好在，能为自己所热爱的事情付出，是充实且幸运的，能看到自己的付出被世人所认可，更是幸福的。

节目播出，掌声与荣誉都赋予了我一个人。可我知道，在这些光环的背后，是一路走来陪伴着、支持着的亲人、同事和朋友们。资深红学研究专家严中老师、洪淳生老师，在《红楼梦》研究与考证上给予了我许多支持。宋锦非遗大师钱小萍老师，云锦非遗大师金文、戴健老师，提供了许多丝绸专业知识和精美道具。杭州电视台的刘忠虎、王宁、强一栋、刘敏等，在电视表现手法、语言上都给予了悉心的指导。此外，我的同事余志伟、程翀、赵靖、金珍果，特别是李静协助我做了大量的资料搜集整理工作。还有我的妻子屠红燕，一直在背后默默支持与鼓励着我。在筹备录制《百家讲坛》的一年多时间中，我几乎是闭关式地学习与训练，那段时间很流行《爸爸去哪了？》，于是公司里的同事们也经常疑惑打趣，"总裁去哪了？"我只想说，总裁没有去哪，总裁只是一直走在为中国丝绸做点事情的路上。

2014年11月于杭州

之一 《红楼梦》四大家族原型之谜

《红楼梦》是我国最具文学成就的古典小说,以至于为此还专门形成了一门独立研究学科——红学,这在文学史上是极为罕见的。一百多年来,红学专家及红学爱好者们从各个角度对《红楼梦》进行了深入细致的研究与解读。其中对《红楼梦》中"贾史王薛"四大家族的原型考证,也是红学研究的一大热点。书中四大家族在现实中所对应的原型有"江南世家说""清朝皇室说"等,众说纷纭,没有定论。而本书想从丝绸的角度出发,探究《红楼梦》所透露出的蛛丝马迹,窥测《红楼梦》四大家族的原型与清康熙年间(1661—1722年)的江南三织造是否有着不可忽视的联系。

江南三织造是清代的官营丝绸织造机构。中国古代自西汉以后,宫廷内大多都设有这样一个机构,专门给皇帝、朝廷生产各种丝绸产品。

贾宝玉、林黛玉读书

汉代的丝织业主要分为官营丝织业和私营丝织业两种。其中官营丝织业是由政府直接经营或控制的手工业，分为中央政府经营和地方政府经营两种类型。中央政府经营的丝织业主要是位于长安和洛阳，分别为东、西织室。东、西织室生产丝绸的目的是为封建皇室、贵族与官员提供奢侈衣饰用品，也有用于赏赐，与周边民族的互市贸易及海外贸易等。

隋代主管官营手工业的最高机构是尚书省的工部。具体管理官府所需各项产品的机关是太府寺，太府寺下设置管理丝绸织造和印染的司织、司染。

唐代的手工业分官营和私营两种。工部是主管官营手工业的最重要部门，直接管理的机构有少府监、将作监、军器监。少府监主管精致手工艺品，少府监下设有织染署，专门管理丝绸产品的生产。织染署的丝绸产品一般不对外销售，只供皇室和衙门使用。

宋代的染织工艺，在唐代生产的基础上，又有较高的发展。宋代对丝绸染织十分重视，管理染织生产的机构相当庞大，分工也很精细。在少府监设有文思院、绫锦院、染院、裁造院、文绣院等机构，负责生产和管理地方上的官办织造作坊。

元代丝绸产业的格局已经定型。北方传统桑蚕经济优势地位逐步丧失，江南桑蚕经济重要地位逐步确立，桑蚕丝织经济、丝绸生产重心完成了南移。元代，虽然是少数民族统治者管理国家，但是也设立了官办丝织局，对丝绸产业进行管理。官办丝织局下面有掌管纺织工匠的织染局、纹锦局、中山局、真定局等工局。

明代的官方织造机构，按经营管理体制，可分朝廷官局和地方官局。朝廷官局包括：设在南京的内织染局，又名南局、隶工部，料造进宫各色绢布；设在北京的外织染局，即工部织染所，以染练绢布为主；另在南京设有神帛堂和留京供应机房，前者专造神帛，后者备不时织造。地方官局分设在浙江、南直隶等八省直各府州，一共有二十二处织染局，嘉靖七年（1528年）后约为十九处。朝廷官局大半只从事织品染练，而皇帝所用赏赐各项段匹，主要由苏州、杭州等府地方织染局分别织造、供奉。

前文中的江南三织造，就是清代的三个官营丝绸织造机构。清顺治二至三年间（1645—1646年），清政府相继在南京、苏州、杭州设置了三个官营丝绸织造机构。位于南京的叫江宁织造，另外两个分别叫苏州织造、杭州织造。

江南三织造示意图

江南三织造,通俗点说,就是清代专门给皇室和朝廷管理丝绸,生产各种丝绸产品的丝绸企业、丝绸工厂。

江南三织造跟《红楼梦》有什么关系呢?关系可大了!很多研究学者认为《红楼梦》中四大家族的原型,和康熙年间的江南三织造,有非常大的关系。而且这个江南三织造,不仅是做丝绸的,还是康熙皇帝的三个密探机构。上述观点有没有道理?

作为《红楼梦》四大家族原型的江南三织造分别对应了四大家族的哪一家?江南三织造又怎样成为了康熙皇帝的密探机构?他们分别替皇帝完成了哪些本职任务,哪些秘密任务?

读过《红楼梦》的朋友,对书中四大家族都很熟悉,小说里的主要人物,基本上都来自这四家。故事一开始,曹雪芹就对四大家族有过一次整体的描述,也是四大家族唯一一次同时出场的片段。《红楼梦》第四回,"葫芦僧乱判葫芦案",说的是贾雨村,刚到应天府当官儿,就接了一个人命关天的大案子。这个案子是薛宝钗的哥哥薛蟠,为了抢一个丫头,也就是后来的"香菱",让手下的人把一个姓冯的打死了。这个薛蟠嚣张得不得了,打死了人,就当什么事都没有发生,还大摇大摆地带着"香菱"和家人扬长而去,去了京城。姓冯的家里人不肯罢休,就告到贾雨村这里,请他主持公道。贾雨村新官上任,三把火正没地方烧呢,就碰上了这样的事情,火气就来了,说:"打死了人,就这样白白地走了?给我把他抓回来!"这时,旁边一个门子,就是我们说的"差役",使劲给贾雨村递眼色,让他不要下令。贾雨村也很谨慎,他想,我好不容易做到这个官,新官上任,人生地不熟的,如果不小心做错事,前面的努力岂不都白费了!因此贾雨村停止了下令,然后偷偷地把门子叫到密室,问:"你干吗给我使眼色?为什么不让我去抓薛蟠?"门子掏出一张纸给他。上面写着:

贾不假,白玉为堂金作马。
阿房宫,三百里,住不下金陵一个史。
东海缺少白玉床,龙王请来金陵王。
丰年好大雪,真珠如土金如铁。

这就是《红楼梦》中贾、史、王、薛四大家族第一次亮相。其中这个"薛",指的不是别家,正是打死人的薛蟠家。

门子很严肃地提醒贾雨村,说这个叫"护官符"。上面写的是本省最有钱、最有权、最有势的人家,如果不小心得罪了这

护官符

样的人家,不但乌纱帽保不住,只怕连小命也难保。贾雨村听完,恍然大悟,他自己能当上应天府的官,都是靠了"护官符"里面所写的贾家和王家帮忙,这几家的权势,他是深知的,看来这薛家同样是不可得罪的,不仅不能得罪,还得帮薛蟠把这个事情掩护过去才好。所以贾雨村后来胡编了一些理由,说薛蟠已经暴病身亡了,死无对证。然后让薛家赔给冯家一笔银子,胡乱审了一通,就草草结案了。

从《红楼梦》中的这个片段,我们可以看到,四大家族的一个特征,那就是权大势大,地方官员都得罪不起。

本文前面提到过《红楼梦》四大家族的原型和康熙年间江南三织造有莫大关系。但是一个给皇帝和朝廷做丝绸的小机构如何有这么大权力和影响力,让贾雨村这样的地方官,怕成这样?

事实上,在康熙年间,江南三织造是三个非常特别的机构。它们不仅仅是做丝绸的,同时还是康熙设在江南的三个密探机构,权势通天,是最能左右江南地区官员命运的三个机构。

那么,江南三织造如何从一个织造机构成为康熙的密探机构?

事实上江南三织造成为康熙的密探机构,有着深刻的历史原因。康熙八岁登基,十四岁亲政,在位六十一年,是中国古代史上在位最长的皇帝。康熙二十年(1681年),康熙皇帝平定了三藩之乱,在

康熙像

三藩与清政府的战争中,江南地区是清政府最主要的物力、财力供应基地,引起了康熙的高度重视。他意识到江南地区,是国家税收的主要来源,是国家财政的根基,但是这个地方又是前朝势力残留最多的地区。江南天气的变化、粮价的波动、民心的浮动都有可能引起整个国家的动荡。因此康熙认为,必须在政治上进一步稳定江南地区的统治,经济上进一步扩大江南地区的赋税收入,文化上进一步笼络江南百姓的民心,国家才能长治久安。

所以从这个时期开始,江南的情况,哪怕一些小事,在康熙心目中,都变得十分重要,江南地区的风吹草动,他都想了如指掌。这要在我们今天,那没什么难办的,打电话、上网、发邮件,信息要多少有多少。可是清朝,那是三百多年之前,皇帝没有这些工具,他也不可能老是自己跑到江南来微服私访。他大多数时间都只能坐在紫禁城里,让江南地方官来向他汇报。可是古代官场上的奏折,都是官话套话,八九不离十。不是"风调雨顺、粮食丰收",就是"百姓安居乐业",报喜不报忧。这些套话虽然好听,可康熙是个明君,他知道真实的情况肯定不止这些,他生怕自己被蒙蔽了。那怎么办呢?他想,我与其听你们的官话套话,不如悄悄安排几个自己人,常驻江南,随时帮我打听情报、小道消息。这样,我得到的消息又准确、又可靠,江南的情况,就在我掌控之中了。办法倒是个好办法,可是安排什么人去呢?这样的人,可不能随随便便找:第一,必须对我忠心耿耿;第二,办事要牢靠,能力要强,不能惹出乱子。

对于这个人选,康熙想到了身边的一个御前侍卫,就是他的贴身警卫。这个御前侍卫是谁?不是别人,正是《红楼梦》的作者曹雪芹的爷爷——曹寅。

曹寅出生于顺治十五年(1658年),比康熙皇帝小四岁,他从小就文武兼修,聪明好学,有神童的美誉。十三岁被挑选为御前侍卫,陪伴康熙皇帝读书,并保护皇帝。就一个御前侍卫,康熙皇帝怎么会觉得他是做江南密探最好的人选呢?原来这个御前侍卫,在康熙皇帝的心里,可不一般。两个人的情谊,比和亲兄弟还要好。这又是为什么?

> 曹寅,字子清。汉军正白旗人,父玺,官工部尚书。寅官通政使、江宁织造兼巡视两淮盐政。性嗜学,校刊古书甚精,尝刊音韵五种及楝亭十二种。工诗,出入白居易、苏轼之间。著有

《楝亭诗钞》八卷。又好骑射,尝谓读书射猎,自无两妨。又著有《诗钞别集》四卷、《词钞》一卷。

(《清史列传·曹寅传》)

我们先来看一下曹家的发迹史。曹家的祖籍在今天辽宁省的辽阳市。现在可以查到的,最早出现在史料中的是曹雪芹的六世祖曹世选。明朝天启元年(1621年),清兵攻占沈阳时,曹世选被清兵抓了,当了俘虏。曹家全部分配到了和硕睿忠亲王多尔衮的麾下,入了正白旗包衣。包衣,用今天的话说,就是家奴。后来曹世选的儿子,也就是曹寅的爷爷曹振彦跟着多尔衮入关征战,还当了一名小小的军官,在跟着多尔衮征战的过程中立了不少战功。到顺治八年(1651年),多尔衮去世后,曹氏家族全部入内务府,由多尔衮的家奴变成皇帝的家奴。

公元1661年,康熙皇帝玄烨登基。就在这一年,曹寅的父亲曹玺,娶了一个孙氏女子为妻,从此曹家的命运就和康熙皇帝紧紧联系在了一起。

这个孙氏是谁呢?她不是什么大人物,从本质上来说也不过是康熙皇帝的家奴,但是因为她,曹家人在康熙心目中,就不再是普通的家奴了。为什么呢?因为她是康熙小时候的保姆。这个保姆,不同于我们今天意义上的保姆:她不管扫地、烧饭、搞卫生这些杂事;她的主要任务,就是教养皇子,比如教皇子各种做人的道理、宫廷的礼仪,教皇子怎么待人接物,以及督促皇子认真读书,等等。

一般皇帝的保姆不止一个,康熙皇帝也不例外。但是康熙和孙氏感情最好。说起康熙,大家脑海里蹦出来的词,大都是千古一帝、叱咤风云之类。可

曹寅像

孙氏像

这个千古一帝的童年却十分孤苦无依。他虽然有父亲也有母亲,但是几乎没有享受过亲生父母的关爱。清代宫廷有一个规矩,妃子生下皇子后,都不能由自己抚养的,一般是放在阿哥所,由保姆教养。所以康熙皇帝小时候,亲生母亲就没见过几次。康熙的父亲顺治皇帝则把全部的心思,都放在董鄂妃身上,对这个不是董鄂妃生的儿子,几乎都忘在了脑后。

没有父母的陪伴,这本来已经够可怜的了。可康熙皇帝小时候还不能住在皇宫,因为他出生不久,就赶上皇宫里天花大流行。天花,我们现代医学对它的定义是由天花病毒引起的一种烈性传染病,是一种致命的病。现在我们通过接种疫苗等方法,已经控制了它。但是在古代,得了天花的人,十有八九都难活下来。康熙皇帝的家族就有好几个人是得天花去世的。比如说康熙皇帝的叔祖父,和硕豫亲王爱新觉罗·多铎,还有顺治皇帝的爱妃董鄂妃,都是得天花不治身亡的。所以在清代宫廷内,那是闻天花变色。还没有出过天花的皇子,按照规定都要搬到宫外去,防止被感染。

所以,康熙皇帝幼年时,都是由保姆带着在宫外抚养的。有文献记载,康熙皇帝晚年,回忆起自己的童年,都还觉得无限伤感。他六十岁大寿那天,本是普天同庆的大好日子,这个帝王却流露出无限的伤感,他跟自己的臣子们说:"因朕幼年时未经出痘,令保母护视于紫禁城外,父母膝下,未得一日承欢,此朕六十年来抱歉之处。"(《清圣祖实录》卷二百九十)意思是说,我幼年时,因为还没有出过天花,是由保姆带着在紫禁城外长大的,没有享受过父母一天关爱,我这六十年来,每每想起这事,都觉得心酸。

想想也是,一个幼小的孩子,是多么渴望父母的关爱,这种关爱得不到,确实是一个人一生的遗憾,皇帝也不例外。没有父母的陪伴与教导,那么自然而然,从小陪在他身边关爱他,照顾他的保姆,就成了康熙心中最亲的人。

根据史料记载,康熙跟孙氏的感情,也是非同一般。举个例子,康熙皇帝登基后,孙氏就出宫嫁给了曹寅的父亲曹玺。曹玺从康熙二年(1662年)开始,就被派去南京管理江宁织造,曹家也搬到了南京。公元1699年,康熙第三次下江南,到了南京,就住在江宁织造。当时孙氏已经68岁,走起路来都颤颤巍巍。皇上驾到,曹寅搀扶着孙氏,出门拜见皇帝。自从孙氏出宫后,康熙已经有40年没见到孙氏了。久别重逢,他心中大喜,还没等孙氏下跪行礼,康熙就快步迎上前去,把她扶了起来,并大声向身边的大臣介绍,"这位,是我家的老人啊。"清代文献很生动地记录了当时的场景："上见之,色喜,且劳之曰:'此吾家老人也。'赏赉甚厚。会庭中萱花开,遂御书'萱瑞堂'三大字以赐。"(《解春集文钞》)第一个字,上,代指皇上。大家可以看看,康熙皇帝此时是不是高兴得有点失态了?孙氏是他幼年的保姆,其实也就是家奴。皇帝居然在公开场合,当着大臣们的面,称她是皇家的长辈,这个明显是不太合适的。可是这也恰恰说明了,孙氏在康熙心目中的地位,康熙在此时流露了真情。从文献的记载中,我们还可以看到,康熙当场把下江南随身带的很多贵重物品,赏给了孙氏。还觉得不

萱瑞堂

够,又提笔写下"萱瑞堂"三个大字赐给孙氏。萱一字是指萱草,古时代表母亲,说明孙氏在皇帝的心里,真的像母亲一样。康熙希望孙氏能幸福长寿。

> 康熙己卯夏四月,皇帝南巡回驭,止跸于江宁织造臣寅之府。寅绍父官,实维亲臣、世臣,故奉其母孙氏朝谒。上见之,色喜,且劳之曰:"此吾家老人也。"赏赉甚厚。会庭中萱花开,遂御书"萱瑞堂"三大字以赐。尝观史册,大臣母高年召见者,第给扶,称"老福"而已,亲赐宸翰,无有也。
>
> (《解舂集文钞》)

这里不难看出,康熙内心深处,曹家是他自己家,曹家人就是他最信任的人。另一方面,曹寅十三岁,就是康熙的御前侍卫,每天陪着他,保护着他,和他一起读书习武。用今天的话,他们俩是真正的"小伙伴"!康熙对曹寅十分了解,对他的能力、人品都很满意。因此,在康熙心里,"江南密探"的人选,曹寅最合适不过了。

密探人选确定了,必须找个合适的身份做掩护。电视剧里,我们看到,一般的密探,明里开个茶馆儿、开个客栈、做点小生意,暗地里搜集情报、传递信息。康熙找了什么身份,给曹寅做掩护?不是别的,正是前面所说的江南三织造。

康熙选江南三织造作为密探机构,有两个主要原因:

第一,江南三织造,具有先天优势:首先,地理位置好。刚好位于江南三大核心城市,杭州、苏州、南京。它们是江南地区人口最密集,政治、经济、文化交流最为繁荣的三个城市,如果将位于这三个城市的江南三织造设置为密探机构,就相当于建立了一个牢靠的情报网,三足鼎立于江南,基本上整个江南地区的一举一动就都在掌控之中了。其次,江南三织造和皇帝关系近。康熙之前,江南三织造都是归工部和户部管理的,钱、粮都由这几个部门拨发,任务也是由它们下达,江南三织造每段时期的运营情况,也要向工部、户部汇报。所以在康熙之前,江南三织造就是三个归属于朝廷职能部门分管的普通机构,就是三个做丝绸的机构。从康熙二年开始,江南三织造的性质就变了。

它们不再由工部、户部管,而是直接划给了内务府管理。内务府是什么呢?就是皇帝的管家,管着皇帝一家子的吃穿住行。江南三织造划分到内务府,就相当于从朝廷的机构变成了皇帝自家的机构。它们的官员成分也由原来的朝廷命官,换成了内务府包衣。从此江南三织造与朝廷其他职能部门以及地方政府之间,就没有任何利益瓜葛了。江南三织造向皇帝汇报工作时,就可以不用顾忌地方官员的利益得失和颜面,大胆讲真话、讲实话。这些真话、实话才是康熙最想听到的。

内务府是清朝管理宫廷事务的机构。为清代特有,始设于顺治初年。至顺治十一年(1654年)仿明制改内务府为十三衙门;十八年,裁十三衙门,复设内务府。自此遂为定制。

内务府是清代独有的机构,职官多达三千人,比事务最繁的户部人数多十倍以上,可以说是清朝规模最大的机关。内务府主要职能是管理皇家事务,诸如皇家日膳、服饰、库贮、礼仪、工程、农庄、畜牧、警卫扈从、山泽采捕等,还把持盐政、分收榷关、收受贡品。内务府主要机构有"七司三院",最重要的是广储司,专储皇室的金银珠宝、皮草、瓷器、绸缎、衣服、茶叶等特供品。

内务府的组织渊源于满族社会的包衣(奴仆)制度,其主要人员分别由满洲八旗中的上三旗(即镶黄、正黄、正白旗)所属包衣组成。最高长官为总管内务府大臣,初为三品衙门,雍正十三年(1735年)升为正二品,由皇帝从满洲王公、内大臣、尚书、侍郎中特简,或从满洲侍卫、本府郎中、三院卿中升补。凡皇帝家的衣、食、住、行等各种事务,都由内务府承办。内务府直属机构有工司三院。内部主要机构有广储、都虞、掌仪、会计、营造、慎刑、庆丰七司,分别主管皇室财务、库贮、警卫扈从、山泽采捕、礼仪、皇庄租税、工程、刑罚、畜牧等事。另有上驷院管理御用马匹,武备院负责制造与收储伞盖、鞍甲、刀枪弓矢等物,奉宸苑掌各处苑囿的管理、修缮等事,统称七司三院。内务府还有三织造处等三十多个附属机构。此外负责管理太监、宫女及宫内一切事务的敬事房也隶属总管内务府大臣管辖。1911年辛亥革命后,废帝溥仪仍居宫内,为皇帝服务的内务府也得以保留,直至1924年溥仪被驱逐出宫为止。

第二，曹家和江南三织造的渊源非同一般。曹家原本就是内务府的包衣，康熙二年，江南三织造划归内务府管理后，曹寅的父亲曹玺，就被派往南京担任江宁织造。曹玺，原名曹尔玉，古代人写字都是竖着写的，有一次康熙皇帝写他名字的时候，就把"尔""玉"两个字连在了一起，变成了"玺"字，按理来说这是康熙皇帝写错了，可是皇帝是天子，是主子，主子怎么能有错呢？所以曹尔玉就将错就错，从此改名为曹玺。曹玺在管理江宁织造的同时，或多或少也给皇帝打探过一些江南的消息。他每次进京拜见康熙，都要把江南地区的情况，仔仔细细做个汇报。康熙十七年（1678年），进京陛见康熙，康熙"面访江南吏治，乐其详剀"（《江宁府志·曹玺传》），意思是说，康熙皇帝亲自向曹玺打听江南地区的官员情况，曹玺说得越详细，康熙越高兴。此外康熙还赐曹玺蟒服，把曹玺加封为正一品，并且亲自题写"敬慎"匾额赐给曹玺。以此来看，从曹寅的父亲曹玺开始，江宁织造已经有"密探机构"的苗头了。

曹玺像

江南三织造的先天优势，加上曹家人江南三织造的渊源关系，三织造变成密探机构，就顺理成章了。不过，曹寅，要当上江宁织造的CEO，并没有我们想象的这么顺利。

公元1684年6月，曹玺因劳累过度，病死在江宁织造的任上，曹寅从北京赶回南京奔丧。康熙认为，可以让曹寅接管江宁织造了。文献记载："玺在殡，诏晋内少司寇，仍督织江宁。"（《上元县志·曹玺传》）内少司寇是曹寅当时的官职，这里代指曹寅。意思是说曹玺去世，康熙诏令曹寅接管江宁织造。在此之前，丝绸织造这种职位是没有世袭的，康熙再一次破除旧规，打算让曹寅世袭曹玺江宁织造的职位。可没想到，皇帝想让曹寅接管江宁织造这件事，并没有马上实现。为什么皇帝的想法都实现不了呢？

前面我们说过，康熙皇帝的保姆孙氏，嫁给了曹玺，可曹寅并不是孙氏的亲生儿子，而是曹玺另一个妻子顾氏生的。康熙保姆孙氏的的亲生儿子叫曹宣，比曹寅小几岁。在古代，一般认为，能接替父亲职位的，肯定是家里最有才能的儿子。康熙皇帝让曹寅接替江宁织造，而不让孙氏的亲生儿子曹宣接，孙氏心里就有想法了，这不是说我的亲生儿子不如曹寅么，孙氏越想越不开心。曹玺一死，曹家的内部矛盾就起来了。曹寅是一个博学多才、心胸宽广的人，他主动向康熙皇帝提出，把江宁织造这个职位让给弟弟曹宣。可康熙有自己的打算，他是想让曹寅给自己当江南密探，他怎么可能同意让曹宣接管江宁织造呢？可是让曹寅直接当吧，又伤了自己保姆妈妈孙氏的心。古语有云：清官难断家务事。现在看来，不仅清官难断，连皇帝也难断。

康熙是中国在位最长的皇帝，在处理这件事情上，就显示了他的处世风格和非凡的政治才能。首先，他既没让曹寅当，也没让曹宣当，而是把曹宣调到北京当御前侍卫。出宫的时候，常常带着他，表示对曹宣的重视，也就等同于告诉孙氏，保姆妈妈你看，朕还是很器重您亲生儿子的。然后，他再把曹寅派去苏州，管苏州织造，而且康熙特别关照曹寅，把孙氏一起带去苏州，亲自奉养，培养感情，缓和他们之间的矛盾。曹寅在苏州管理了三年苏州织造，业务也熟悉了，而且他也确实非常孝顺，感动了孙氏，孙氏对他也不再有成见。康熙见时机成熟了，就让曹寅管着苏州织造，又兼任江宁织造。又过了一年，曹寅终于顺理成章地回到南京，当上了江宁织造。大家看看，康熙前前后后花了八年时间，让曹寅正式接管了江宁织造。看得出来，这件事情上，康熙用心良苦。治大国如烹小鲜。康熙的这道"小鲜"，可以说是烹得出神入化。就像很多现在的企业家们，如果都能像康熙一样，处理问题的时候，更多地考虑员工的心理因素，更加耐心地面对各种问题，企业一定会做得更加成功。为什么康熙能成为中国古代历史上在位最长的皇帝？得人心者，得天下！道理就在这儿。

曹寅调到南京后，江宁织造正式成为了康熙皇帝在江南的第一个密探机构。有了第一个样本，苏州、杭州只要按照这个模式复制就行了。

苏州织造的密探叫李煦。李煦又是谁？无巧不成书，他是康熙皇帝另一个保姆的儿子，也是他十分信任的人。关于李煦的故事，后文会作专门讲述。

杭州织造成为密探机构，要晚一点。公元1706年，康熙派了一个叫孙文成的，去管杭州织造。孙文成又是谁？他是曹寅亲自考察，觉得能力和人品都不错，然后才推荐给康熙皇帝的。

公元1706年，是江南三织造历史性的一年，除了做丝绸、做衣服，它们都成为了康熙皇帝不折不扣的三个密探机构。曹寅、李煦、孙文成一边管理丝绸织造，一边替康熙皇帝打听江南地区各种消息，整个江南地区的大小动态，基本上就都在康熙的掌控之中了。

那么管理江南三织造的曹家、李家、孙家，给康熙皇帝完成秘密任务后，又如何把情报传递给皇帝呢？他们传递情报的方式，就是写秘密奏折！

秘密奏折，还是康熙皇帝的一个发明。奏折是古代重要的官文书之一，也称折子、奏帖或折奏。它始用于清朝顺治年间（1643—1661年），以后普遍采用，康熙年间形成固定制度。奏折的内容包括言事，即一切中央、地方的政、经、军、文日常和突发事务、事件。康熙年间的奏折，要经过一级一级内阁大臣审阅，然后才能到皇帝手里。奏折的保密性不够，所以写奏折的大臣们一般心里会有所顾忌，不太敢言真事。康熙是知道这一点弊端的，所以开创了秘密奏折这个形式。所谓秘密奏折，就是将奏文写在折叠的白纸上，外加上特制皮匣，然后由写密折的人，安排可靠人手直接呈交给皇帝，不需要经过其他大臣审阅，皇帝有什么批示，也直接写在密折上，再经由可靠人手，直接发回给写密折的人。所以密折里写了什么内容，外人无从得知。秘密奏折，一是保密性强，二是时效性强，充分满足了康熙皇帝的要求。所以康熙就要求江南三织造的曹寅、李煦、孙文成，打听到什么事情以后，就用写秘密奏折的形式向他汇报。

康熙四十三年（1704年），曹寅给康熙上了一道折子，大致意思是想和皇上见个面，感谢皇上的厚爱之类的。康熙在他的折子后面有几句朱批（皇帝用朱红色颜料写的批复）。康熙给曹寅的朱批是这样写的："朕体安善，尔不必来。明春朕欲南方走走，未定。倘有疑难之事，可以密折请旨。凡奏折不可令人写，但有风声，关系匪浅。小心，小心，小心，小心。"（《关于江宁织造曹家档案

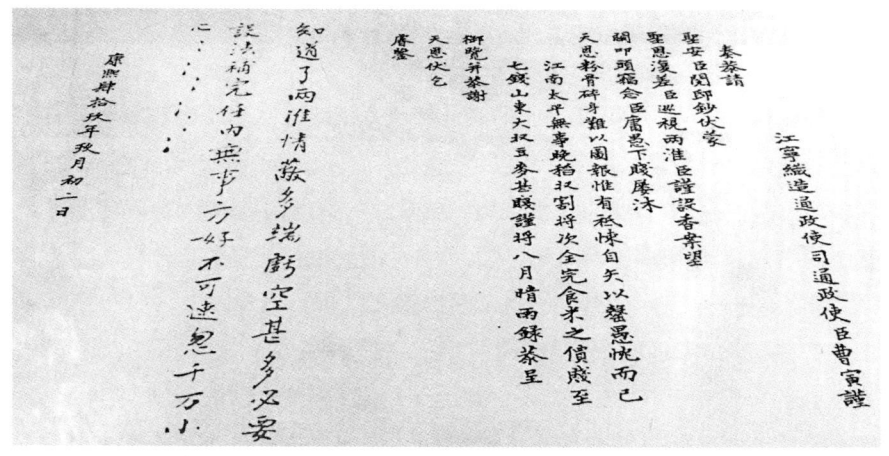

曹寅的密折与康熙皇帝的朱批

史料》)意思是说,我身体很安康,你不必亲自过来,我明年春天打算到南方走走,但是还没有确定,如果有什么情况,你可以用秘密奏折的形式向我请示,你所有的奏折都不能让别人替你写,一旦走漏风声,后果很严重,小心,小心,小心,小心。这里康熙皇帝连续写了四个"小心"。康熙皇帝这样对曹雪芹的爷爷曹寅说话,大家是不是觉得康熙皇帝也有婆婆妈妈的一面。其实不是,这里连续四个"小心",正是表现出了康熙皇帝对密探工作的重视和谨慎,以及对江南三织造能不能万无一失地完成秘密任务,还有些放心不下。

公元1708年,康熙给曹寅写批复,再一次强调,一定要曹寅三人用密折的形式汇报。批复是这样写的:"以后有闻地方细小之事,必具密折来奏。"(《关于江宁织造曹家档案史料》)意思是说,以后只要听到地方上的事情,哪怕是十分细小的事情,都要写密折来汇报。在大家的印象中,皇帝处理的事情,都是国家大事,而康熙皇帝呢?竟然要求曹寅三人,把地方上芝麻绿豆大的情报,也要专门写密折汇报上来。非常有意思的是,三大密探真的写了很多八卦新闻。哪家起火了,哪个邻居打架了,哪个官和哪个官闹矛盾了。康熙都看,还都批了!难道是日理万机的康熙皇帝也想听听地方上的八卦新闻,解解闷?不是的,康熙皇帝是告诉江南三织造的曹寅三人,尽可能多地打听情报,好让他自己掌握更多更全面的信息,真正听到江南老百姓最基层的声音,提供更多决策参考,从而为自己的统治打下坚实基础。

苏州织造、杭州织造,也给皇帝写过很多密折。康熙四十八(1709年)年十月初二,苏州织造的李煦,给康熙上了一道请安折。没什么内容,不外乎关心皇帝身体好不好,表表忠心之类的。而康熙给他回了一大段朱批,是这样写的:"近日闻得南方有许多闲言,无中作有,议论大小事。朕无可以托人打听,尔等受恩深重,但有所闻,可以亲手书折奏闻才好。此话断不可叫人知道。若有人知,尔即招祸矣。"(《李煦奏折》)意思是叮嘱曹寅、李煦、孙文成三人,仔细打探南方的大小事情,有什么情况就用写秘密奏折的方式,直接向康熙报告。而且密折还绝对不能让人代写,必须曹寅、李煦、孙文成三个人亲自手写,写的时候也不能让人看见。康熙为了保护他三人的安全,保证情报网能持久运作,还郑重叮嘱他们,绝对不能暴露身份!

前文的几个例子,都很清楚地说明了,江南三织造的曹寅、李煦、孙文成给康熙皇帝传递信息的方法,就是写秘密奏折。我们看到,现在康熙留下来的密折一共有三千余件,其中江宁织造曹家人的有191件,苏州织造李煦413件,杭州织造孙文成有213件。也就是说,他们三人的密折加在一起,一共817件,占了总数的近三成。可以说,当时的江南三织造是康熙皇帝最大的三个密探机构。

江南的天气情况、粮食收成,当官的、老百姓的一举一动,都在江南三织造的监控下,而且他们可以随时向皇帝汇报。这时,江南三织造的权势可以说是通天的!有一个典故,康熙皇帝诏令苏州地区一个地方官进京,地方官动身那天李煦就写了一封密折告诉康熙,说皇上啊,某某某已经动身了,并且还把那几天的天气情况作了一下汇报,说苏州下雪了,雪有多大,等等,都写得详详细细。那个地方官跋山涉水半个月终于到了京城,见到了康熙。康熙有意调侃他说,你们这些地方官吏,不要以为朕远在京城就管不到你们,朕可是有千里眼的,你们的一举一动朕都看得明明白白,你动身那天,苏州是不是下雪了，而且是鹅毛大雪，下了足足三尺厚。那个地方官一听，内心十分震撼，马上伏地高呼万岁万岁万万岁。

因此这个时期，在江南当官，谁敢得罪管理江南三织造的曹、李、孙三家啊？不仅不敢得罪，还要夹着尾巴做人，万一做错了事，被曹、李、孙三家的人知道了，自己还没反应过来，说不定皇上就已经知道了，脑袋就要搬家了。这种情况就像《红楼梦》第四回门子说的那样，在应天府当官，要带着一张"护官符"，要知道哪些家族是不能得罪的，如果不小心得罪了这样的人家，不但官位保不住，只怕连性命也会保不住。

这就很好解释，在《红楼梦》中，为什么贾、史、王、薛四大家族可以荣登"护官符"的前四位。因为他们的原型，就是江南三织造，就是康熙的密探。别说贾雨村这样的小官了，就连江南最大的地方官，遇到《红楼梦》的四大家族，也要礼让三分。

另外，大家可能还注意，《红楼梦》四大家族还有一个很明显的特征。曹雪芹在《红楼梦》一开始，就借门子的口说了出来，"这四家皆连络有亲，一损皆损，一荣俱荣，扶持遮饰皆有照应的。"意思是说，四大家族之间都是亲戚关系，相互扶持，相互照应，是一个有机的整体。现实中，还真的有人说过和门子类似的话。谁？不是别人，正是康熙皇帝。

康熙四十五年（1706年），曹寅在扬州办事，康熙派了刚刚上任杭州织造的孙文成，到扬州给曹寅传一道秘密的口谕。康熙的原话是这样的："三处织造，视同一体，须要和气，若有一人行事不端，两个人说他改过便罢，若不悛改，就会参他。"（《关于江宁织造曹家档案史料》）意思是说，三个织造机构，是一个整体，要和和气气，相互照应，相互监督。康熙写的这几句话，是不是和《红楼梦》里门子说的话同一个意思？因此，曹雪芹写四大家族的关系，能写出那样的话，并非巧合，而是有所出处的。这个出处，就是康熙叮嘱江南三织造的这道口谕。

江宁织造曹寅覆奏奉到口传谕旨折

江宁织造·通政使司通政使臣曹寅谨奏：六月二十五日，臣在扬州于新任杭州织造·郎中臣孙文成前，恭请圣安。蒙圣旨令臣孙文成口传谕臣曹寅：三处织造，视同一体，须要和气，若有一人行事不端,两个人说他改过便罢,若不悛改,就会参他。不可学敖福合妄为。钦此钦遵。

臣寅免冠叩首,感激涕零,谨记训旨,刻不敢忘。从前三处委实参差不齐,难逃天鉴。今蒙圣训,臣等虽即草木昆虫,亦知仰感圣化,况孙文成系臣在库上时,曾经保举,实知其人,自然精白乃心,共襄公事。臣寅遥望行在,焚香九叩谢恩。

理合具折奏闻,谨具折上奏。

朱批:知道了。

(《关于江宁织造曹家档案史料》)

而且门子所说的《红楼梦》书里的四大家族连络有亲,我告诉大家,现实中的江南三织造,也是沾亲带故。首先苏州织造李煦的妹妹,嫁给了曹寅。孙文成就是曹寅的母亲——孙氏的亲戚。江南三织造的关系和书中四大家族一样,也是连络有亲的。

前文说出了三层意思:首先,《红楼梦》的作者曹雪芹家和江南三织造,有很深的渊源。历史上,曹家几代人管理了江宁织造。其次,小说中,四大家族排在"护官符"的前四位,甚至可以左右地方官员命运;现实中江南三织造,是康熙皇帝的三个密探机构。他们一样,都是权势通天的。最后,贾、史、王、薛四大家族连络有亲,和现实中江南三织造曹家、李家、孙家沾亲带故,几乎如出一撤。可见《红楼梦》中四大家族的原型,就是康熙年间的江南三织造。

那么,江南三织造分别对应四大家族中的哪一家,它们又分别替康熙皇帝完成了哪些做丝绸的本职任务,哪些密探任务?

之二

江宁织造之谜

前文谈到江南三织造和《红楼梦》四大家族之间的关系，我提出了《红楼梦》四大家族的原型，就是康熙年间的江南三织造。那么，江南三织造究竟对应了四大家族中哪三家？

首先来说《红楼梦》的作者曹雪芹家管理过的江宁织造。它的位置大致在今天南京的大行宫一带，离知名的旅游景点——南京总统府不远。我曾经在南京工作过，在大行宫一带生活了十几年。刚到南京的时候，一直不理解为什么这个地方叫大行宫，后来才发现大行宫跟江宁织造有很大的关系。清代乾隆下江南，曾让人把江宁织造的部分建筑改成了下榻的行宫。当地百姓就慢慢把这一带，称为"大行宫"。今天，江宁织造的遗址上，建立了"江宁织造博物馆"。这对于丝绸文化的挖掘和传承来说，是一件好事。至少我们的子孙后代，都能记住南京的这段历史，都能记住南京伟大、精湛，以及享誉全球的丝织工艺。

江宁织造博物馆位于南京市中心大行宫地段，是在江宁织造旧址上建造的一座现代博物馆，它涉及江宁织造府本身的历史，织造府所辖之织造局的云锦生产历史，以及与织造府有密切关联的历史巨著《红楼梦》及其作者曹雪芹。博物馆集中展示了一府（织造）、一馆（云锦）、一楼（红楼梦）、一园（园林），临时又推出了两个精品展，让游人既可参观又可休闲，在游走之中欣赏、研究文物史科，追溯历史，增长知识，开拓眼界，可谓一举多得。江宁织造先后存续达二百六十余年，见证了清王朝由盛而衰的沧桑历程。其间，江宁织造府因南巡接驾而声名显赫；织造机房则造就了中国云锦工艺的巅峰与辉煌。为了展示这段跌宕起伏的历史进程，博物馆运用多种展陈方式，遴选了几百件珍贵文物史料，清晰再现了江宁织造府的兴衰脉络，为后人留下可叹可追的繁华胜景与无限遐想。

那么江南三织造中江宁织造对应了《红楼梦》四大家族中的哪个家族呢？我认为就是四大家族的第一位——贾家，也就是贾宝玉家。那么小说中，有没有什么地方透露过，贾宝玉家是管理江宁织造的？有的，而且不止一处。

江宁织造博物馆

《红楼梦》第三回,林黛玉进贾府,看见荣国府的正堂,挂着一副对联:座上珠玑昭日月。堂前黼黻焕烟霞。

　　一时黛玉进了荣府,下了车,众嬷嬷引着,便往东转弯,穿过一个东西的穿堂,向南大厅之后,仪门内大院落。上房五间大正房,两边厢房,鹿顶耳房钻山,四通八达,轩昂壮丽,比贾母处不同。黛玉便知这方是正经正内室。一条大甬路,直接出大门的。进入堂屋中,抬头迎面先看见一个赤金九龙青地大匾,匾上写着斗大的三个大字,是"荣禧堂",后有一行小字:"某年月日书赐荣国公贾源",又有万几宸翰之宝。大紫檀雕螭案上设着三尺来高青绿古铜鼎,悬着待漏随朝墨龙大画,一边是金蜼彝,一边是玻璃盒。地下两溜十六张楠木交椅。又有一副对联,乃乌木联牌,镶着錾银字迹,道是:"座上珠玑昭日月。堂前黼黻焕烟霞。"下面一行小字,道是:"同乡世教弟勋袭东安郡王穆莳拜手书。"

林黛玉进贾府

大家不要小看这副对联,里面可是暗藏玄机!这副对联,直接透露了,贾府是丝绸世家,而且就是管理江宁织造的。我们来看,对联里有"日、月、黼、黻"四个字。这四个字分别是什么意思呢?这四个字,专指衣服上四种特殊的纹样。什么衣服?皇帝的龙袍!尤其是后两个字,"黼、黻",大家可能平时没见过。这两个字,专指龙袍上的两种纹样。

清代皇帝在上朝、祭祀或者参加其他重要活动时,身穿最正式的礼服叫十二章龙袍。十二章,是龙袍的十二种纹样,有织的,有绣的。这十二种纹样,每一种都寓意深刻、内涵丰富,是做皇帝的十二个标准、原则。达到这十二个标准,才算是一个好皇帝。

"日、月、黼、黻"分别代表了什么标准?我们先看"日、月",不用多说,代表了"太阳、月亮",要求做皇帝,像太阳和月亮的光芒一样,普照大地,皇恩浩荡。"黼、黻"代表的纹样,大家没见过。"黼"的纹样是一把斧头的形状,一半是白色,一半是黑色,读音也同斧头的"斧"。这种纹样有什么寓意?要求皇帝做事斩钉截铁,不能拖泥带水、黑白分明、意志坚定。"黻",它像两个"弓",弓箭的"弓"字,背靠着背。要求皇帝背恶向善、明辨是非,只做好事,不做坏事。而且"弓"字,谐音公平的"公",要求皇帝做事情公平公正,取信于天下。

十二章纹内涵

日、月、星辰:代表三光照耀,象征着帝王皇恩浩荡,普照四方。

山:代表着稳重性格,象征帝王能治理四方水土。

龙:龙是神兽,变化多端,象征帝王们善于审时度势地处理国家大事。

华虫:通常为一只雉鸡,象征王者要"文采昭著"。

宗彝:是古代祭祀的一种器物,乍一看像猴子,通常是一对,象征帝王忠、孝的美德。

藻:象征皇帝的品行冰清玉洁。

火:象征帝王处理政务光明磊落,火炎向上也有率士群黎向归上命之意。

粉米:就是白米,象征着皇帝给养着人民,安邦治国,重视农桑。

黼:为斧头形状,象征皇帝做事干练果敢。

黻:为两个"弓"字相背,代表着帝王能公正严明,明辨是非。

十二章纹样图

这副挂在贾府正堂最显要位置的对联，看似平常。其实含义深刻、暗藏玄机，特别是"黼、黻"二字，暗示了贾府是给皇帝做龙袍的机构。这个机构不是其他，正是江宁织造。

清代满族入关取得中原后，开始学习汉族文化，大量使用汉族官员，推行的仍旧是汉制。建立有序服饰等级制度，维护统治者的高贵尊严，是历朝历代统治者的必用方法，清代也不例外。清初的统治者就已经非常注重通过服饰礼仪，来树立自己的统治权威了。清朝的第一位皇帝——皇太极就很明确地提出，"服制者，立国之经"，"服制"就是服饰的礼仪、制度；"经"就是法则、准则。整句话的意思，就是说穿衣服的礼仪制度，是建立国家、统治国家的准则。所以，皇太极改国号为清的第一年（1636年），就建立了帝王、臣子、嫔妃等上上下下的服饰制度，严格规定了什么身份、什么等级的人应穿什么衣服。衣服的款式、类型、颜色都不能乱穿。不仅是这样，清代，对衣服上面的纹样，都有十分严格的规定。比如说，对只有皇帝和皇后才能用的龙、凤纹样，不仅不能穿，甚至只能由皇家批准的官营织造机构才可以做。民间的织造坊和工匠们私自织造、买卖带有这种纹样的衣服，都是犯法的。比如说，张三是个民间织造坊的老板，他下面有个织纹样的工匠叫李四，没有经过官方的授权和允许，张三让李四私自织了一块带有龙纹样的丝绸面料，然后卖给了王五。这下张三、李四、王五就都犯法了，犯了什么法？古时候叫做僭越，用我们今天的话来说，那就是侵权了，这种龙纹样，可是只有皇帝才能用的，侵皇帝的权，这可不像我们今天一样，赔点钱能了事的。

所以，要打张三一百大板，所有的面料都要充公。王五买这种有龙纹的面料，更是居心不良，如果买去用了，那就更是大逆不道，不仅要打一百大板，还要剥夺人身自由，给官府做三年的苦力。如果买去没用，也要做三年苦力，用鞭子抽三十下，比一百大板稍微轻一点。最无辜的就是工匠李四了，他是按老板吩咐做事的，也不能免责，也要被打一百大板。这些，在《大清律例》里面，都有很明确、很详细的规定。（《大清律例》卷三十八《工律营造》原文：凡民间违禁织造龙凤文丝纱罗货卖者，杖一百，缎疋入官，若买而僭用者，杖一百，徒三年，未用者，笞三十，机户及挑花挽花工匠同罪，亦杖一百。）

所以，公元1645至1646年，顺治皇帝入关不久，不管条件成不成熟，就赶紧先把江宁、苏州、杭州这三个原本就有一定织造基础和传统的织造机构建立起来，专门用于给皇室做衣服，并且颁布了一道圣旨，"御用礼服及四时衣服，各官及皇子公主朝服衣服，均依礼部定式，移交江宁、苏州、杭州三织造恭进。"（《大清会典事例》）意思是说，皇帝穿的礼服以及一年四季的衣服，皇子、公主、臣子们穿的朝服，都按照礼部设计好的面料、衣服的款式，交给江宁、苏州、杭州三个织造府去做，然后送到京城。

虽然江南三织造都有给皇帝做衣服的任务，但在实际生产中，清代的织锦龙袍，基本上都由江宁织造完成。在于成龙写的《江宁府志·曹玺传》中有说道："康熙二年，特简督理江宁织造。江宁局务重大，黼黻朝祭之章出焉"。大致意思是，曹玺在康熙二年被派去管江宁织造，他的任务重大，因为要专门给皇帝做龙袍。

为什么三大织造里，江宁织造会承担最重的龙袍任务？因为江宁织造有一门独门绝艺，叫"天衣无缝"。

大家都知道，"天衣无缝"是形容一个人做事情很周密、周到，滴水不漏。但是我要告诉大家，这个成语最早的本意，其实就是源自丝绸，源于如何给皇帝做龙袍的故事。

"天衣"顾名思义，就是天子穿的衣服，也就是皇帝的龙袍。"无缝"，就是没有缝的意思。"天衣无缝"是不是说龙袍真的没有缝呢？不是！这里的意思：

一是，龙袍缝非常少，设计龙袍时尽可能少出现缝，我们现在的衣服上，肩膀上都各有一条肩缝，但是龙袍的肩膀上就不能有缝。

二是，在龙袍上只有竖缝，不允许有横缝。

三是，最关键的是，有缝也要看不出来。

前两个都很好处理，没什么难的，但第三个，要有缝也看不出来，这个要求就高了。如何才能有缝也看不出来呢？

首先，设计要精准。龙袍上每一个图案、花纹、颜色，都要精准到在第几根经线上、第几根纬线上。

其次，设计虽然精准了，但是如果工匠们完全按设计好的程序做，也做不到"天衣无缝"。

为什么呢？首先，因为龙袍的材料是用丝绸做的，丝绸是动物蛋白纤维，就像我们的皮肤一样,是有弹性、会伸缩的,而且在不同的温度、湿度的条件下伸缩性是不同的。其次,做龙袍不像我们现在做衣服,是先把面料裁剪好,最好缝合成衣服。龙袍是先要把龙袍上面所有的纹样先织出来,而且是织在同一块面料上。织这样的一块面料,熟练工匠都至少要花一年的时间,所以龙袍左边门幅上的纹样可能是春天完成的,右边门幅的纹样可能是冬天完成的。比如龙袍上的火球,一半在左面,一半在右面。在工艺设计的时候,两边都是用八十根纬线织成,具体织的时候,如果碰上雨天、潮湿的天气,工匠要多打二根,天气正常后,又收缩到八十根纬线这么宽;如果织造是在冬季干燥的天气,可能只需七十八根,天气正常后,膨胀到八十根纬线这么宽。只有这样,最后拼出的火球才是圆的,才能显示龙袍的威严。所以织龙袍的最难之处,就是工匠必须根据天气情况及时调整工艺,而且这个调整事先无法设定。有句老话叫"机房好做,潮橾难当"。意思是织造纹样没什么难的,最怕的就是潮湿和燥热天气。古代,丝绸行业还有一句老话,没有二十年织造经验的工匠根本不能碰龙袍。因为没有二十年以上的经验,做不到"天衣无缝",做不到就有可能有杀身之祸!

"天衣无缝"的龙袍

"天衣无缝"是做龙袍特别难的地方,其实就是要求做龙袍的时候必须想得周密、工艺滴水不漏。与我们今天使用这个成语,意思是异曲同工的。

龙袍是中国服饰的顶级作品,也是中国五千年丝绸文化的精华。"天衣无缝"是做织锦龙袍的特别之处。当时,只有曹雪芹家管理的江宁织造,会这门绝艺,能做出"无缝的天衣"。所以清代的织锦龙袍,基本上都由江宁织造完成。

前面提到的,在《红楼梦》小说中,贾府正堂上挂着一副对联:座上珠玑昭日月。堂前黼黻焕烟霞。暗示了贾家是做龙袍的,是管理丝绸织造的机构。而且我还推断,曹雪芹之所以会这样写小说中那副对联,是因为他在现实生活中,亲眼看到过"黼、黻"二字。在哪里?就在江宁织造的正堂。

清末,有个叫陈坦园的人,在江宁织造当了五年的官。退休后,他写了一本回忆录,叫《如我谈》。在这本回忆录中,他说江宁织造的正堂上,挂着一块匾。匾上有四个字"黼黻文明"。小说中,下联"堂前黼黻焕烟霞"。"堂前黼黻"曹雪芹应该就是指,挂在江宁织造正堂的那块写着"黼黻文明"的大匾。

陈坦园,号榕荫堂主人,蓟门人。生于嘉庆十八年(1813年),卒于同治十二年(1873年)后。道光二十五年(1845年)至二十九年,陈氏任职江宁织造尚衣局,管理江宁织造局(染织工场,遗址在今南京市汉府街)。五年任满回京,追忆金陵阅历各事,信笔而录,成此书稿。稿本前有短引,略述撰述经过:"课余晚后,天冷宵长,独坐灯前,无事自遣。偶忆金陵宦游,五载之间,凡有曾历可纪述者,即呵笔书之,不计工拙,无暇修饰,胜似袖手偎炉,聊以借此消寒寂之夜。数日裒然成帙,不忍焚弃,质之于人,颇可释闷,如我谈也,遂以此三字为编名。大雅见之,勿谓予为好事者为之相诮,是所幸耳。略述短引,以弁其首。同治六年(1867年)岁次丁卯嘉平月腊日书于海淀之穴锋轩。陈坦园未定草。"

曹公祠

聚宝门外雨花台侧曹公祠,中奉康熙间江宁织造曹寅之像。庭前丹桂二株,每至花时,游人雅赏而来,如入清虚之府。

车天祥像

汉府迤西不数武,有延寿庵,有顺治二年间织造太监车天祥画像,仍是明代衣冠,玄冠红袍者。并国初以来,历任织造之长生牌,均在此庵供奉。惟康熙间曹寅、乾隆间同德二公系塑像专龛者。其庵门石上之额"延寿庵"三字为车天祥所书,字式可观。

神帛堂

神帛堂,织造祭坛庙之帛处也。有一井,取其水煮丝,焚帛后灰色洁白,他井则否,相传此井脉起于钟山。考此堂在满洲营内后宰门外迤东,即明时奉先殿以西如上,今归织造衙门所属、织办制帛诰敕等物。傍为乾奠阁,上奉轩辕氏,下有康熙间织造曹寅画像,其土地神相传为明初之毛老人也。其东为半山寺,北为香林寺之径。

汉府

汉府在西华门外,明初陈友谅之子陈理降封汉王之赐第,今为织造衙门所属织办绸缎纱罗等物之尚衣局公所也。洪武间,胡惟庸亦曾居此,前有绰楔,上题"尚方华衮"四字,大堂有"黼黻文明"四字之额。后为关帝殿,有前任织造石双德书"刚中正"三字额。后即万佛塔,中奉玄武上帝像。下有井,即胡惟庸诓洪武帝看醴泉处也,事败,胡投井死焉。塔前之额为周天臣所书"治佐重裳"四字,柳体甚佳。

龙机

顺治初年,汉府恭织龙袍,机上现华光三日,即将此袍存贮汉府,宣付史馆。此机每遇大室初登,必开机织一袍存贮。予履任后,启阁开袱,敬视为灰色屯绢,长约三尺余,九龙卧水者,绢质渐朽,而金龙色如新,视后仍即恭藏于阁。

全唐诗木板

汉府存贮康熙间《全唐诗》木板一分,计十二部。每部十本,共十二架。每年刷印若干即责成案书陈瑞承办。自夏月江溢为灾,未能移避,迫予至时业已架倾,板漂过半矣。予咎难辞,为一生之憾事也。

拥龙袍

汉府存贮龙袍及各官物,均运至小九华崇敬处权存于东楼中,派李铃等轮流看守。予亦时为稽查。自六月至八月水退,恭清还汉府贮阁,该案书等昼夜值班,亦有微劳,公事无差,可云幸矣。

戬越饯行

己酉(道光二十九年,1849年)十一月十一日,予任满交卸出石城门下船,诸友饯别后,予与孙燮堂夫子叩辞泣别毕,各堂机匠等二百余人,均在河干跪送,鼓吹升炮,鸣金开船……与戬越作别……

(《如我谈》中与曹雪芹祖父曹寅以及江宁织造有关的片段)

在《红楼梦》中,还有很多线索,透露出来贾府是管理江宁织造的。我再给大家举一个例子!

《红楼梦》五十二回,讲述了一个"晴雯补裘"故事。贾母给了贾宝玉一件说是"哦啰斯国"来的孔雀裘,类似于今天的披风。

贾母犹未起来,知道宝玉出门,便开了房门,命宝玉进去。宝玉见贾母身后,宝琴面向里也睡未醒。贾母见宝玉身上穿着荔色哆啰呢的天马箭袖,大红猩猩毡盘金彩绣石青妆缎沿边的排穗褂子。贾母道:"下雪呢么?"宝玉道:"天阴着,还没下呢。"贾母便命鸳鸯来,"把昨儿那一件乌云豹的氅衣给他罢。"鸳鸯答应了走去,果取了一件来。宝玉看时,金翠辉煌,碧彩闪灼,又不似宝琴所披之凫靥裘。只听贾母笑道:"这叫作'雀金呢',这是哦啰斯国拿孔雀毛拈了线织的。前儿把那一件野鸭子的给了你小妹妹,这件给你罢。"宝玉磕了一个头,便披在身上。贾母笑道:"你先给你娘瞧瞧去再去。"宝玉答应了,便出来,只见鸳鸯站在地下揉眼睛。因自那日鸳鸯发誓决绝之后,他总不和宝玉讲话,宝玉正自日夜不安,此时见他又要回避,宝玉便上来笑道:"好姐姐,你瞧瞧我穿着这个好不好?"鸳鸯一摔手便进贾母房中来了。宝玉只得到了王夫人房中,与王夫人看了;然后又回至园中,与晴雯麝月看过;复至贾母房中,回说:"太太看了,只说可惜的,叫我仔细穿,别遭踏了他。"贾母道:"就剩下了这一件,你遭踏了,也再没了。这会子特给你做这个也是没有的事。"说着,又嘱咐他不许多吃酒,早些回来。宝玉应了几个"是"。

贾宝玉得了这件孔雀裘后,怎么样呢?他啊,果然是典型的富家公子哥,第一天穿,就不小心烫了一个洞。这下坏了,贾母还特地嘱咐了宝玉,第二天要穿这件衣服,去参加一个重要的活动。这事要被贾母或者王夫人知道了,贾宝玉肯定要挨骂。所以,他就偷偷的让麝月拿到外面,想叫人织补好。结果,外面的人都不会补。就在这个时候,有一个人说,她会补这个孔雀裘。这个人是谁呢?她就是贾宝玉另外一个丫环,晴雯。可晴雯当时正生病,而且病得不轻,但是为了不让宝玉挨骂,她还是坚持要补这个孔雀裘,用她自己的话说是"我挣命罢了",意思是说,我大不了拼了这条命了。她花了整整一夜的时间,把孔雀裘织补好了。后来她的去世,也和这次抱病补裘,有莫大的关系。

晴雯方才又闪了风,着了气,反觉更不好了。翻腾至掌灯,刚安静了些。只见宝玉回来,进门就嗐声跺脚。麝月忙问原故,宝玉道:"今儿老太太喜喜欢欢的给了这个褂子,谁知不防,后襟子上烧了一块,幸而天晚了,老太太太太都不理论。"一面说,一面脱下来。麝月瞧时,果见有指头大的烧眼。说:"这必定是手炉里的火迸上了。这不值什么,赶着叫人悄悄的拿出去,叫个能干织补匠人织上就是了。"说着,便用包袱包了,交与一个嬷嬷送出去。说:"赶天亮就有才好。千万别给老太太太太知道。"

婆子去了半日,仍旧拿回来,说:"不但织补匠人,就连能干裁缝、绣匠并作女工的问了都不认得这是什么，都不敢揽。"麝月道："这怎么样呢！明儿不穿也罢了。"宝玉道："明儿是正日子，老太太太太说了，还叫穿这个去呢。偏头一日烧了，岂不扫兴。"晴雯听了半日，忍不住翻身说道："拿来我瞧瞧罢。没个福气穿就罢了，这会子又着急。"宝玉笑道："这话倒说的是。"说着，便递与晴雯，又移过灯来细看了一会。晴雯道："这是孔雀金线织的，如今咱们也拿孔雀金线就象界线似的界密了，只怕还可混得过去。"麝月笑道："孔雀线现成的，但这里除了你，还有谁会界线！"晴雯道："说不得我挣命罢了。"宝玉忙道："这如何使得！才好了些，如何做得活。"晴雯道："不用你蝎蝎螫螫的，我自知道。"一面说，一面坐起来，挽

晴雯补裘

了一挽头发,披了衣裳,只觉头重身轻,满眼金星乱迸,实实掌不住。待不做,又怕宝玉着急,少不得狠命咬牙捱着。便命麝月只帮着拈线。晴雯先拿了一根比一比,笑道:"这虽不很象,若补上也不很显。"宝玉道:"这就很好,那里又找哦啰斯国的裁缝去。"

这段情节,"红迷"朋友们应该都十分了解。在"红迷"们看来,曹雪芹写这个情节,主要是塑造了晴雯,这么一个聪慧、心灵手巧、又有担当的女性形象,也表现了晴雯对宝玉的深厚情谊,当然也埋下晴雯后来早逝的伏笔。这都是对的,但是我要告诉大家的是,曹雪芹其实通过这个情节,不经意之间,把贾府是管理江宁织造的这个事实,告诉了大家!

为什么这么说?玄机就在这件孔雀裘上,我们来看看,孔雀裘是贾母给贾宝玉的,贾宝玉第一次看见这件孔雀裘时,是"金翠辉煌、碧彩闪灼",可见是华丽无比。这么华丽的一件衣服是怎么做的,怎么来的?书中用贾母是这样交代的,"这叫作'雀金呢',这是哦啰斯国拿孔雀毛拈了线织的。"我是学丝绸的,也一直研究丝绸文化,看到《红楼梦》这一段的时候,心里就一咯噔。这个拿孔雀毛捻了线织的雀金呢,不就是我们丝绸行业里一种叫孔雀锦的织物吗?这种织物我非常熟悉。主要由三种原材料做成的:蚕丝线;孔雀羽绒;真丝金线。

首先,是做真丝孔雀线,具体的做法是,把孔雀羽绒和蚕丝,用手工的方法捻在一起。做孔雀线,必须用雄性孔雀的羽毛。雄孔雀每年换毛一次。工匠把十厘米以上,色彩斑斓的羽绒剪下来,然后和丝线搓在一起,就成了真丝孔雀线。每一根孔雀羽毛,大约可以做一米长真丝孔雀线,每人每小时只可以搓一米左右。所以,孔雀线可以说丝绸行业中是最珍贵的原料之一。

其次呢,是做真丝金丝线。金线是如何做成的呢?首先,要把金块制成金箔,先把一块指甲盖大小的金块放在木凳子上,然后两个工人相对而坐,轮流举锤,经过三万多下的锤打,把金片捶打成轻如鸿毛的金箔,然后用一种特殊的胶水与牛皮纸粘合在一起,两层牛皮纸叫二合纸,七层牛皮纸叫七合纸。最后把金片切刻而成金线,金线的宽度大约八微米,再用金线包住蚕丝形成真丝金线。制作真丝金线也是我国的特有技术,迄今为止没有第二个国家会这门技术。

最后,用真丝孔雀线和真丝金线做纬线,用云锦的工艺织成的织物,就是曹雪芹所写的"雀金呢",也就是我们今天所说的"孔雀锦"。但是因为孔雀锦太贵了,一般只用来点缀!

云锦,兴起于元,全盛于明清。元代,由于蒙古统治阶级对金饰的热衷,影响到丝织品的织造。此时的锦缎生产由过去讲究配色为主,转而崇尚用金,而鼎盛于明清的云锦,就是从元代著名的织金锦的基础上发展而来。明清两代,云锦更是成为御用贡品,用料之考究,工艺之精美,以至于后人称赞其"绚丽多姿,美若烟霞",而得"云锦"之名。云锦是中国丝织工业的集大成者,也是中国传统丝织工艺的最后的里程碑。

云锦在经历了几百年的发展之后,形成的许许多多的品种门类。以现有资料来看大致可以分为三类:库缎、库锦、妆花。

1. 库缎,又称花缎或摹本缎。原本是清代御用贡品,以织成之后输入内务府的缎匹库而得名。库缎又主要包括本色花库缎、地花两色库缎、妆金库缎、妆彩库缎。

本色花库缎,即单色(经、纬)提花缎,分"亮花"和"暗花"两种。亮花市经面缎显花纹,纬面缎显地纹,花部光泽比地部强而为"亮花"。暗花是经面缎显地纹,纬面缎显花纹,花部光泽较暗而为"暗花"。实际上,亮花和暗花是经纬组织变化多产生的两种不同的组织效果。一般情况下,较粗壮的花纹用亮花变现较好,较细致的花纹用暗花为宜。

地花两色库缎,是在一种色经上用另一种对比强烈的彩纬,织出花纹,地花两色相互衬托,地亮花艳,效果强烈,也称"闪缎"。

妆金库缎,整个缎料的花纹起本色花,在单位纹样里有局部花纹是用金线来装饰。如传统的本色花库缎"五福捧寿""八仙庆寿"等团花纹样,当中"寿"字就是用金线织出,从而突出了寿字的主题,且效果华美。另外,妆彩库缎,与其类似,是用彩绒装饰部分花纹,以显出华丽的效果。

2. 库锦

库锦，是用彩纬金线通梭织成的重组织锦缎。品种主要有：织金、二色金库锦、彩花库锦和芙蓉妆。

织金，也称为库金。就是指织料上的花纹全部用金线织出，用银线的叫"库银"。明清两代织造局生产的织金，都是用真金真银织造出来的，因此即使到了今天，也仍然光彩夺目。织金要求突出金，因此织金纹样尽量要花满地少，充分利用金线材料。纹样以"十四则"小花纹为主。织金的用途，主要为镶滚衣边、裙边、帽边、垫边、西藏、蒙古等少数民族和寺庙佛事也喜用织金。

二色金库锦，地组织为缎纹，花纹全部用金银线织出，一般是以金线为主，部分花纹先可用银线，花纹单位有"十四则""二十则""二十八则"，用途与织金同。

云锦

彩花库锦，也简称"彩库锦"，花纹除用金线织造外，还用多种彩绒来装饰极小部分的花纹。彩花部分用通梭织彩、分段换色的方法，全件织物上的各段彩花只用几种不同的颜色循环，画着全部花纹只用一金、一彩两色长袍梭织造。常用花纹单位有十四则、二十一则、二十八则。彩色库金除用作衣服镶边装饰外，还可用于制作囊袋、锦匣、枕垫和装帧装潢。

芙蓉妆，是一种配色比较简单的大花纹织锦，纹样单位以"四则"居多。特点是不用"金绞边"，也不用深浅不同的几重色彩来表现花纹层次，整个纹样只用几种不同的色块来表现。花纹的形状以空出地部线条来显现。花与花、花与叶之间，以不同的单色表现配色的变化、过去常用"芙蓉花"图案做主题，所以坊间称"芙蓉妆"，后来凡是用这种彩妆方法织造的锦，花纹虽不用芙蓉为主题，但仍习惯称为"芙蓉妆"，并不属于妆花品种。

3. 妆花是云锦中最具代表性工艺，其工艺特点是通过挖花盘织，把各种彩色花纬，按纹样织入锦缎。妆花是织造技法的总称。始见于明代《天水冰山录》，书上记载严嵩抄家时候收罗出大量丝织品，仅妆花名目，就有妆花缎、妆花绸、妆花罗、妆花纱、妆花绢、妆花锦等。妆花织物的特点是用色多，色彩变化丰富。在织造技法上，是用各种绕有不同颜色的彩绒纬纡管，对织料上的花纹做局部的盘织妆彩，配色自由，没有任何限制。妆花的用途，过去多用作冬季服饰、帐子、帷幕和佛经经面的装潢等。

不管是"雀金呢"还是孔雀锦，我都可以毫无疑问的告诉大家，这是我们中国发明的。只有我们中国人会做，这也是我们中国丝绸人几千年智慧的结晶。而且做孔雀锦的技艺是公认的中国丝绸文化遗产。直到今天，都只有南京地区的极少数的云锦大师会这门技术。

可《红楼梦》中贾母怎么说是"哦啰斯国"做的？

我认为，这里其实就是曹雪芹存心留下的一句"假语"，也就是"假语存"。但事实上，他不经意间告诉了大家一件真事，什么真事呢？就是这件孔雀裘，其实是贾家自己做的！在书中有两处矛盾的地方，很能说明这一点。

第一，麝月找人把孔雀裘拿出去补的时候，遇到一个状况，书中说的是，"不但织补匠人，就连能干裁缝、绣匠并作女工的问了都不认得这是什么，都不敢揽。"意思是说，贾府外面那些织造技艺高超的能工巧匠，包括裁缝、绣娘等等，竟然认都不认识孔雀裘，都不敢揽这个活，而晴雯只不过是贾府的一个丫鬟，她竟然一眼就认得这是什么，而且知道怎么来织补。原文是这样说的,"这是孔雀金线织的,如今咱们也拿孔雀金线就象界线似的界密了,只怕还可混得过去。"界密,边界的界,密度的密,就是说拿孔雀金线,按照原来的经纬密度,把它织补起来,这样就看不出破绽。所以,在这里我认为曹雪芹其实不经意地告诉了大家,晴雯对孔雀裘非常熟悉的,她不仅见过类似孔雀锦这样的织物,而且看见过这样的织物是怎样做出来的。晴雯因为最早是贾母的丫鬟,我推测,她应该是在早期跟着贾母的时候,亲眼看见过贾家做孔雀锦这种织物。大家看看在《红楼梦》中,晴雯是怎么补这个孔雀裘的:

> 晴雯先将里子拆开,用茶杯口大的一个竹弓钉牢在背面,再将破口四边用金刀刮的散松松的;然后用针纫了两条,分出经纬,亦如界线之法,先界出地子,后依本衣之纹,来回织补。补两针,又看看;织补两针,又端详端详。无奈头晕眼黑,气喘神虚,补不上三五针,伏在枕上歇一会。宝玉在旁,一时又问吃些滚水不吃,一时又命歇一歇,一时又拿一件灰鼠斗篷替他披在背上,一时又命拿个拐枕与他靠着。急的晴雯央道:"小祖宗!你只管睡罢。再熬上半夜,明儿把眼睛抠搂了,怎么处!"宝玉见他着急,只得胡乱睡下,仍睡不着。
>
> 一时,只听自鸣钟已敲了四下。刚刚补完。又用小牙刷慢慢的剔出毡毛来。麝月道:"这就很好,若不留心,再看不出的。"宝玉忙要了瞧瞧,说道:"真真一样了。"晴雯已嗽了几阵,好容易补完了,说了一声:"补虽补了,到底不像。——我也再不能了!"嗳哟了一声,便身不由主倒下。

晴雯虽然病重,却一点也没乱了步骤,最贴心的是,补完了,又用小牙刷慢慢地剔出绒毛来。我曾经跟南京的一位云锦大师交流过,他对晴雯补孔雀裘的这套办法都佩服不已,对曹雪芹更加佩服不已,说如果不是对孔雀锦的织造工艺了如指掌的人,是写不出这样的文字的。

第二个矛盾,就是麝月接的晴雯前面那句话,她说,"孔雀线现成的"。如果真像贾母说的那样,这种织物是从哦啰斯国过来的,是哦啰斯国特有的,那么他们贾家怎么会有现成的孔雀线?我前面给大家详细介绍了孔雀线的做法，大家也知道了孔雀线这种原料，一般寻常人家是不会用也用不起的，而到了贾家，却是"现成的"。这里我认为，曹雪芹再一次不经意地告诉了大家，贾家是做过孔雀裘的，所以家里有现成的孔雀线。

从这两个矛盾点，我认为曹雪芹，虽然放了一些类似"哦啰斯国"这样的"假语"，但事实上，他是想告诉读者，这个孔雀裘其实就是贾家自己做的，从而告诉读者，贾家就是管理江宁织造的。

为什么知道了贾家做过孔雀裘，就知道贾家就是管理江宁织造的？因为孔雀锦，我们丝绸行业里的人都知道，是非常珍稀、非常名贵的一种织物。这珍稀、金贵的面料，在当时，全国只有一个地方可以做，这个地方就是"江宁织造"。而且，这种技艺，一般人的衣服是不能用的，给皇帝做的衣服才会使用。所以也难怪麝月拿出去想找人织补的时候，外面的人见都没见过这种面料，更别说织补了。而且贾母给贾宝玉的这件孔雀裘，还有一个不同寻常的地方。当时孔雀锦这种面料，由于技艺难度高，材料又贵，即便给皇帝做龙袍，也只会用孔雀羽毛织造部分纹样，比如龙的纹样等。而贾宝玉这件孔雀裘，竟然全部是用孔雀羽毛织的，比皇帝的龙袍还要奢侈。

局部孔雀羽毛织龙纹样

所以在第五十二回中还讲到，王夫人看见贾宝玉穿这件衣服，说，给你穿可惜了，别糟蹋了它。贾母也说，就这一件了，糟蹋了就没有了，不可能再给你重新做了。这说明什么呢？贾母、王夫人，这些出生名门的贵妇，平时什么稀世珍宝没见过。对于孔雀裘做的这件衣服，她们千叮咛万嘱咐，要宝玉要好好穿着，千万不能糟蹋了，说明这件衣服实在是太稀罕、太珍贵了。像这么珍贵的衣服，在当时的社会条件下,什么地方才能做? 只有专门给皇帝做丝绸、做衣服的这种机构,才可能有这么多的原料,有高超的工匠才能做得出来。这个机构就是江宁织造。

所以曹雪芹告诉读者贾府做过孔雀裘,等于就是告诉了读者,小说中的贾府,就是管理江宁织造的。另外有一个很重要的细节,在晴雯补裘的故事中,大家会发现,一介书生的曹雪芹,竟然对我们今天讲的"孔雀锦"这种面料了如指掌。

首先,曹雪芹虚构了面料名称"雀金呢"。三个字表达得非常精准,三个字表达两层意思:一是这种面料是"呢"组织结构,一种比较厚的面料;二是面料由两种特别的原料——"雀"(真丝孔雀线)及"金"(真丝金线)组成的。作为一个作家,如果不是对面料、原料非常熟悉的话,是不可能虚构出这"雀金呢"三个字的,我甚至可以说他取的"雀金呢"名字,比我们今天叫的"孔雀锦"还要精准地表达了这种面料的特性。

其次,我们再看曹雪芹对"雀金呢"工艺的阐述是:"拿孔雀毛拈了线织的"。虽然只用了九个字,但曹雪芹把"雀金呢"非常复杂的工艺,解说得非常简单明白。特别是"拈"这个字,把如何做真丝孔雀线的方法讲得非常精准。"拈",一是粘合的意思,把孔雀羽毛与蚕丝粘在一起;其次还有搓的动作,不是用手掌搓,而是用用食指和拇指加捻的方法搓成。作为一个丝绸工作者,我非常佩服曹雪芹对丝绸工艺的精准表述。"拈",这种手工技艺,在今天的工业社会中,已经逐渐被机器替代。但是由于孔雀羽绒比较短,而且很容易受损,蚕丝线又比较长,所以直到今天仍然必须用手工来制作。如果曹雪芹没有见过真丝孔雀线是如何做的,是绝对不会写不出"拈"这个字的。

最重要一点,他对孔雀裘外观的描写是这样的,"金翠辉煌、碧彩闪灼",这八个字真是太传神了。"金翠"两个字,正是孔雀金线这种材料的颜色特征,金中带绿。"碧彩闪灼"四个字,更加传神。大家有所不知,在所有的面料中,孔雀羽毛织物在不同的角度、不同的温度、不同的光照条件下,看上去才会呈现出不同颜色、不同光泽,才会呈现出"碧彩闪灼"的效果。直到今天,我还找不出比"金翠辉煌、碧彩闪灼"更好的文字,来形容孔雀锦的特征。

因此，我还认为，在晴雯补裘这个故事中，曹雪芹不仅透露出来，贾府是管理江宁织造的，还透露了一个很重要的信息，他自己肯定也是在江宁织造里面生活过不短的时间。因为现实中，曹家是管理江宁织造的，上下几代人管理了近六十年，所以想来，曹雪芹必定从小就对丝绸的工艺，耳濡目染，所以他才会对孔雀锦的原料、工艺都了如指掌。

最后，红楼梦中还有一些很小的细节，也证明了贾府管理江宁织造的事实。

小说中提到一个很神秘的家族，叫江南甄家。关于这个甄家，很多红学专家都已经考证过了，江南甄家和贾家的原型，其实就是一家，只不过曹雪芹为了创作需要，用艺术化的手法，故意拆开了。

《红楼梦》第五十六回，甄家才正式出场。这一回里，说王熙凤生病了，由李纨、宝钗、探春三个人代班，临时处理贾府的日常事务。这天有个管家来报，说江南甄家给贾家送礼。礼单上写着："上用的妆缎蟒缎十二匹。上用杂色缎十二匹。上用各色纱十二匹。上用宫绸十二匹。官用各色缎纱绸绫二十四匹。"大家看看，甄家出手很大方，送的全是丝绸，什么缎啊、纱啊、绸啊。曹雪芹用这么详细的笔墨，我认为是故意的。有什么玄机？玄机在"上用"两个字里。

> 刚说着，只见林之孝家的进来，说："江南甄府里家眷昨日到京，今日进宫朝贺。此刻先遣人来送礼请安。"说着，便将礼单送上去。探春接了，看道是："上用的妆缎蟒缎十二匹。上用杂色缎十二匹。上用各色纱十二匹，上用宫绸十二匹。官用各色缎纱绸绫二十四匹。"李纨也看过，说："用上等封儿赏他。"因又命人去回贾母。贾母便命人叫李纨，探春宝钗等也都过来，将礼物看了。李纨收过，一边吩咐内库上人说："等太太回来看了再收。"贾母因说："这甄家又不与别家相同，上等封儿赏男人，只怕展眼又打发女人来请安，预备下尺头。"一语未完，果然人回："甄府四个女人来请安。"贾母听了，忙命人带进来。

上用，是指皇上专用的东西。这种上用丝绸，当时是哪家做的呢？就是江宁织造。江南三织造设置好后，朝廷给三织造做了分工，《大清会典》这样记载："织造在京有内织染局，在外江宁、苏州、杭州有织造局，岁织内用缎匹，并制帛诰敕等件，各有定式。凡上用缎匹，内织染局及江宁局织造；赏赐缎匹，苏杭织造。"意思是说，清代在北京有内织染局，在外地有江宁、苏州、杭州三个织造机构，凡是上用的缎匹，也就是皇上专用的缎匹，由内织染局和江宁织造完成，赏赐用的缎匹由苏州、杭州织造完成。这里很明确，上用缎匹、丝绸全部由内织染局和江宁织造完成。内织染局在北京，跟江南甄家挨不上边，而江宁织造正好在南京。那么这个上用丝绸，在哪里能找到？只有两个地方，一个是生产的地方，另一个就是皇帝的仓库。其他人如果私藏上用丝绸，可是犯法的。顺治年间，有大臣告多尔衮的状。其中一条罪状，就是说多尔衮私藏了很多上用丝绸，是对皇帝的大不敬。《红楼梦》中写甄家一次性送贾家这么多上用丝绸，其实是犯法的，在现实中是不可能发生这种事的。那么出身于丝绸织造世家的曹雪芹，难道连这点常识都没有吗？当然不是，我认为，江南甄家送上用丝绸给贾家这件事情，是曹雪芹故意捏造的，他其实就是想提示大家，江南甄家就是管理生产上用丝绸的江宁织造的，所以才能一次性拿出来这么多上用丝绸。再结合红学家们的考证，甄家和贾家，在现实中就是一家，也就再一次印证了，贾家就是管理江宁织造的。

从林黛玉进贾府，看到一副暗藏玄机的对联；到晴雯补裘的故事；再到江南甄家送上用丝绸的片段。这三个例子，基本上都说明一个问题，四大家族中贾家的原型，来自江南三织造中的江宁织造。

那么作为贾家原型的江宁织造，在历史上，到底替皇帝完成了哪些任务？

之三 皇帝的秘密任务

前文从丝绸的角度切入，详细分析了为什么《红楼梦》中贾宝玉家，在现实中的原型，是清代管理江宁织造的曹家。那么，这个既做丝绸，又当密探机构的江宁织造，究竟替皇帝完成了哪些本职任务和密探任务？

首先，来说做丝绸的本职任务。做什么丝绸产品呢？之前，我们提到了龙袍、孔雀锦、上用丝绸等。除了这些，江宁织造还有一项非常重要的任务，就是做诰帛。说诰帛，大家可能不知道，我说圣旨，大家就能明白了。清代早期和中期，圣旨基本上都在江宁织造完成。换句话说，那时圣旨是江宁织造的专利产品。清代江宁织造做的圣旨，有几个特点：

第一，全真丝制成，材料用最好蚕丝。清代，浙江湖州产的蚕丝，品质是最好的，有"湖丝甲天下"一说。所以清代的圣旨都是用湖丝织成的。这样，才能衬得出圣旨的重要性，才能衬得起皇帝的身份。

第二，不像电视剧里看到的，圣旨正反两面都是黄色的。清代颁给不同级别官员的圣旨，颜色是不一样的。一般，颁给五品以上官员的圣旨，是多彩圣旨。有三种到五种颜色，有时甚至是七种颜色。官员级别越高，颜色越丰富。

第三，长度也不像电视剧里看到的那样，好像宣读圣旨的太监，两手一拉那么长。实际上，真正的清代圣旨可比电视剧里的长多了。长的将近五米，短的也有二米。清代的圣旨，用两种语言写成，一种汉文，一种满文。汉文从右往左写，满文从左往右写，最后在中间会合。清代太监宣读圣旨，一边嘴里要读，一边要用一只手把读完的内容卷起来，用另一只手把下面的内容推开来。三个动作同步进行，难度还是相当大的。

湖丝甲天下

五色圣旨

清代圣旨（复制品）

第四，圣旨的两端有两条银龙。这两条银龙，不是印上去的，而是用银丝线织出来的，相当于圣旨的防伪标识。圣旨上都是皇帝的话，都是天子的命令，如果有人假传圣旨，会天下大乱。所以在织造的时候，做好防伪措施，是非常有必要的。

做圣旨，包括之前提到的做龙袍、孔雀锦、上用丝绸，等等，就是江宁织造作为皇家御用丝绸织造机构的本职任务。而且因为曹雪芹家对江宁织造的管理改革，还促进了整个南京地区丝绸业的繁盛发展。

之前，我们说了江南三织造，就是位于南京的江宁织造、杭州织造和苏州织造，不仅仅做丝绸，它们还为康熙皇帝完成了一些秘密任务。那么江宁织造的曹寅除了这些做丝绸的本职任务，还替康熙皇帝完成了哪些秘密任务呢？

在现今留存下来，江宁织造曹家给康熙的密折里，我们可以看到，曹寅完成的秘密任务有很多。我选了两个最有代表性的，给大家说一下。

第一个叫"密探熊赐履"。

在查阅江宁织造曹家的密折时，我发现一个特别的现象。康熙对住在南京地区的一个官员特别上心,三番五次要求江宁织造的曹寅去打听他的情况。第一次是在康熙四十八年三月,曹寅上了一道秘密奏折,把江南地区近期的米价情况,给康熙汇报了一下。康熙在批复的后面,冷不丁地问了一句:"熊赐履近日如何?"曹寅在下一封密折中,马上给康熙汇报了熊赐履的情况,说他一般都待在家里,南京的官员来拜见他,都不接见,偶尔和一些文人、和尚一起去看看花、做做诗,没有什么特殊情况。

江宁织造曹寅奏报米价及熊赐履行动并进诗稿折

康熙四十八年三月

江宁织造·通政使司通政使臣曹寅谨奏:恭请圣安。

本月十一日臣家奴齐捧御批折子回南,奉旨:江南米价,有奏折进来必入折奏闻。熊赐履近日如何?钦此。

臣探得苏州平常食米每石一两三四钱不等,江宁平常食米每石一两二三钱不等,总因江西、湖广禁籴,兼近日东北风多,客船不能下来之故。今地方督抚已经移文江、广开禁,往前天气大晴,西南风多,米船运行,新麦上场,米价可以无虑。又河南光州、固始等处,系两淮行盐之地,每年盐去米回。去年河道干旱,不能重运,所以扬州米贵。今年河路水好,目下由洪泽湖下来头船已到淮安,载米十万余石,后仍有堆积三十余万石。此米陆续一到,江苏

熊赐履像。

价亦少可平矣。

再,打听得熊赐履在家,不曾远出。其同城各官有司往拜者,并不接见。近日与江宁一二秀才陈武循、张纯及鸡鸣寺僧,看花做诗,有小桃园杂咏二十四首,此其刊刻流布在外者,谨呈御览。因其不与交游,不能知其底蕴。谨据所得实奏,伏乞睿鉴。

朱批:知道了。并诗稿发回。

(《关于江宁织造曹家档案史料》)

这个叫熊赐履的人是谁呢?怎么会让远在北京、隔着千山万水的康熙皇帝这么关注、这么上心呢?

了解清史的朋友可能知道,熊赐履是康熙朝一位十分有名的大臣,还是康熙皇帝的汉学老师。他顺治十五年(1658年)考中进士,康熙即位之初,曾经向少年康熙进呈了一本《万言疏》。《万言疏》的矛头,直指当时把持朝政、以鳌拜为首的四位"辅政大臣",明确提出"根本切要,端在皇上"。正是这道《万言疏》,让少年康熙对熊赐履刮目相看。康熙八年(1669年)除鳌拜,从此,熊赐履的政治地位迅速提升。先是调到翰林院,负责给皇帝讲课;五年后,也就是康熙十四年(1675年),又升任内阁学士,是康熙身边非常重要的大臣。

那么这样一位深受康熙皇帝信任的帝师,备受重用的一品大臣,怎么跑到曹寅待的南京去了?要知道熊赐履的老家本是湖北的,而且他在京城做官做得好好的,为什么会突然到南京常住了呢?

原来熊赐履是因为一件哭笑不得的事情,无奈之下,才跑到曹寅待的南京去了。这件事,说来叫"死要面子活受罪"。

我们知道,在清朝,大臣们上奏的奏折,一般都是要经过内阁大臣批改后,才交给皇帝。熊赐履当时任内阁大学士,主要工作之一,就是给康熙皇帝批改奏折。

康熙十五年(1676年)的一天,康熙皇帝批奏折时,发现有本奏折审核错了。他很生气,对太监说:"你去问问这本奏折是谁批的,怎么这么糊涂,以后让他们睁大眼睛,仔细给我批,耽误了国家大事,小心朕摘了他们的乌纱帽。"

太监把皇帝批好的奏折搬到文渊阁,也就是熊赐履这些大学士们审阅奏折的地方。把皇帝很生气的情况告诉了他们。大学士们一听,都赶紧推脱,说批错的奏折和自己无关。熊赐履嘴上也推脱,可心里结结实实打了一个咯噔,他想:"不会是我,头昏眼花,批错了吧。"虽然心里忐忑得很,可表面上,他还是装得没事一样。

第二天一早,天还没亮,熊赐履就偷偷摸摸赶到了文渊阁。把昨天皇帝看过的奏折一本一本翻出来。最后发现,哎呀,那本批错的奏折,还真是自己批的。里面还夹着一张纸条,写着"熊赐履批"。当时的惯例是这样的,官员的奏折先呈到文渊阁,由一名工作人员,把奏折分好,这些是谁审核,那些是谁审核,做好登记。然后分给每位大学士,大学士审完后,由太监拿给皇帝,皇帝批完,再由太监直接还给这名工作人员,工作人员拿回来,跟之前的记录核对一下,写上"某某批"的签条,夹到每个奏折里,存档。

熊赐履看到那个批错的奏折,还真是自己的,而且工作人员已经把"熊赐履批"的签条都夹进去了。心想,这下坏了,这事要是传出去,皇帝怎么看我,我的面子还往哪搁。正所谓病急乱投医,人一着急,就容易一步错,步步错。这时,熊赐履脑袋瓜一转,想起了他的一个同事,叫杜立德。这人平时做事有点迷迷糊糊的,以前也批错过奏折,不如干脆把这事栽到他头上,让他背个黑锅。想到这里,熊赐履赶紧写了一张"杜立德批"的签条,夹到那本批错的奏折里。把写着"熊赐履批"的签条抽了出来,抽出来后怎么处理?这可是罪证啊。熊赐履的举动,简直让人大跌眼镜,他怎么做的?他直接把这张签条塞到嘴里,吧唧吧唧,嚼着吃掉了。估计还在想,哈哈,这下死无对证了。大家看看,一个正一品大学士,竟然做出这样的事情来,真是让人匪夷所思。更离谱的,还在后面。

一会儿,其他大学士来上班了。熊赐履一见杜立德,就主动凑上去说:"杜老先生,您昨天又迷糊了,那本批错的奏折是你的。"杜立德一听急了,说:"话不能乱说,你说是我批错的,有什么凭证。"熊赐履等的就是他这句话,他得意洋洋,把昨天那本批错的奏折找出来,打开给杜立德看:"你看看,里面还夹着'杜立德批'的签条,白纸黑字,可不就是你批的?"

杜立德虽然平时迷糊,没想到这次居然清醒得很。他说这个奏折不是我批的，我记得很清楚。而且这个签条上的字迹，看上去像是你熊赐履写的。肯定是你自己批错了，要嫁祸给我。

熊赐履本来想，杜立德稀里糊涂认了这笔烂账就算了，不过是面子问题，皇上其实也不会太追究的。可这家伙今天脑子怎么这么清醒。这下他有点急火攻心了，反驳道："我堂堂一个首席大学士，从来没批错过奏折，明明是你批错了，还说我嫁祸你，你到底是什么居心！"

两个人，你一言我一语，在文渊阁里激烈地吵了起来。其他大学士们劝都劝不住。正吵得不可开交，有一个叫觉罗沙麻的大学士说了一席话，顿时全场人都呆住了。觉罗沙麻说：熊大人，你别吵了，昨天我有事，没回家，睡在了文渊阁南边的床上。今天早上你没看见我，我可看见你了！你在翻奏折，还把签条吃到肚子里了。本来我不想说的，可你们吵得也太不像话了。

熊赐履一听，顿时目瞪口呆，满脸通红。如果地上有个洞，他恨不得马上钻下去。杜立德，也是个直性子，他说，"你熊赐履心眼太坏了，自己做错了事，还嫁祸给我。"他实在气不过，就告到康熙那里去了。康熙一听，真是又好气又好笑。气的是，熊赐履作为一位正一品大臣，平时教育别人都是头头是道，轮到自己犯错，就百般抵赖，实在是言行不一。好笑的是，死要面子活受罪，四十多岁的人，连吃签条这种事都做得出来，实在太荒唐。不过好笑归好笑，事情还是要处理的，不然别的大臣都会有意见。

大家还记得前面康熙说过什么？"小心朕摘了他的乌纱帽。"没错，这句气话，最后真的在熊赐履身上应验了。《清圣祖实录》记载："熊赐履欲掩饰己过，私取草签嚼毁。""希冀咎于杜立德，殊玷大臣之职。应将熊赐履革职。得旨：熊赐履着革职。"就这样，熊赐履的乌纱帽真的被摘了，还被免去所有的职务。这就是史书中记载的，康熙十五年的"嚼签案"。

官当不成了，在京城也混不下去，脸面丢尽了。回湖北老家吧，人家都是衣锦还乡，自己颜面无存，怎么回得去？康熙十五年，熊赐履干脆带着一家老小，迁居到曹寅待的南京去了。

听了这个故事，大家是不是觉得，熊赐履这人挺糊涂，挺荒唐的。其实不然。熊赐履的确有真才实学，他不仅有学问，而且对治理国家很有想法，不然也不可能当到正一品的大官。而且康熙后来还任命他为太子胤礽的老师，教太子学习知识和治理国家的方法。

虽然熊赐履犯了错,被革了职,但康熙心里一直惦记着他,毕竟人无完人。几年后,康熙见"嚼签条"的事过去得也差不多了,重新把熊赐履召回北京,任礼部尚书。康熙三十八年(1699年),授东阁大学士,把他扶回了正一品的级别。到康熙四十五年,熊赐履七十一岁,康熙才同意他卸下所有的工作。因为熊赐履第一次被革职后,离开北京,把家也安在了南京,所以正式退休后,他就回到南京,也就是曹寅所待的江宁去养老了。

康熙四十八年八月,熊赐履突然去世了。因为前面康熙要曹寅打探过熊赐履的情况,所以曹寅知道康熙肯定很关注这件事情,就赶紧写了一道密折告诉康熙,说:"皇上,熊赐履去世了,我已经去打探过他去世的原因,说是感染了痢疾。我怕这个说法不太准确,再打听清楚后,给您汇报。"

江宁织造曹寅奏报熊赐履病故折

九月初二日,探得大学士臣熊赐履于八月二十八日未时病故。臣寅身在仪真掣盐,于二十九日闻信,即遣人探听访问何病,用何医药?据称:熊赐履先感寒成痢,卧床数日,遂不起。臣理应即报,恐传闻不真,谨探实具奏。

朱批:知道了。再打听用何医药,临终曾有甚言语,儿子如何?尔还送些礼去,才是。

(《关于江宁织造曹家档案史料》)

果然如曹寅所料,康熙非常关注,在批复里这样写道:知道了,再打听用何医药,临终曾有甚言语,儿子如何?尔还送些礼去,才是。大家看看,康熙在这里连问了三个问题:用什么医药?临终时留下什么话?他儿子怎么样?

曹寅不愧是皇帝信得过的人,很快就把熊赐履临终说了些什么话,生病看了哪些医生,吃了哪些药,以及儿子的情况,都认认真真打探好,汇报给康熙。其中还说道,"探得熊赐履临终时,感激圣恩,遗本系其病中自作。"意思是说,熊赐履临终的时候,很感激皇帝,此外,他还留下了遗本,是他自己在生病之际,亲自写的。

江宁织造曹寅奏报熊赐履临终情形折

熊赐履事,蒙旨知道了。再打听用何医药,临终曾有甚言语,儿子如何?尔还送些礼去才是。钦此。

江南省中凡各衙门汉官,定例七日后俱有报帖,随其官职大小,即往祭奠。有交情者,厚薄不等。臣于前月已送奠仪二百四十两祭过,其子已收。

再,探得熊赐履临终时,感激圣恩,遗本系其病中自作。所服之药,乃江宁医生欧怡、戴麟郊、胡景升、张彦臣、吴庄、刘允吉之药。其病因脾胃不调,用药杂乱,后来遂不肯服。熊赐履今年已七十五岁,老病衰残,饮食不进,以致不起。大儿子熊志伊,年三十四岁,系监生,娶原任大学士余国柱女,另宅居住,不出交游,不知深浅。小儿子一个去年所生,一个今年所生。闻其遗言命葬江宁淳化镇之地,不回湖广。谨此奏闻。

朱批:闻得他家甚贫,果是真否?

(《关于江宁织造曹家档案史料》)

这下康熙满意了吧,消停了吧。可康熙没有,在批复里,又写道:"闻得他家甚贫,果是真否?"意思是说,听说熊赐履家很贫困,真是这样吗?大家看看,康熙又关心起熊赐履的家产情况来了。于是曹寅继续打听,把他所了解到的熊赐履的家产情况,汇报给了康熙,按照曹寅的说法,熊赐履家也不是很贫困,和一般的汉族官员比起来,属于中等水平。

江宁织造曹寅奏报熊赐履家产及生活情况折

十一月初五日,臣家奴齐捧折子回南,大学士熊赐履,伏蒙御批:闻得他家甚贫,果是真否?钦此。

臣细探得熊赐履湖广原籍有祖遗住房一所,田不足百亩,江宁现有大住房二所,田一百余亩,江楚两地房田价值约可七八千两。其内中有无积蓄,不得深知,在外无营运生理之处。其家人上下大小约有百口。熊赐履在日未闻其向人借贷之事。

其间或有门生故吏周济，或地方来往官员赠贻，故过日充裕，较之汉官大臣内，亦属中等过活，未见甚贫。臣谨据实奏闻，伏乞睿鉴。

朱批：熊赐履遗本，系改过的，他真稿可曾有无？打听得实，尔面奏。

(《关于江宁织造曹家档案史料》)

可是，康熙还没消停，又批道："熊赐履遗本，系改过的，他真稿可曾有无？打听得实，尔面奏。"从这个批复，我们可以看出来，虽然曹寅在之前告诉了康熙，熊赐履的遗本是他自己亲手写的，但是康熙看过熊赐履的遗本后，对这个遗本产生了怀疑，认为遗本已经被人改过了。这里，康熙没有透露他怀疑的原因。但是根据《清圣祖实录》的记载，康熙是看到熊赐履的遗本中有熊赐履临终前推荐他一个亲戚去做官的内容，康熙认为，这和熊赐履平日的做事风格不吻合，所以产生了怀疑。一方面叫地方官去查，另一方面也叮嘱曹寅找到真正的稿子，打听清楚后，亲自到北京，当面汇报。至于曹寅到北京后汇报了些什么，我们现在就不得而知了。不过根据《清圣祖实录》的记载，后来的事实，也确实证明了，康熙的怀疑是对的。熊赐履遗本，确实是他的亲戚，串通熊赐履的家人改过的，推荐亲戚当官的内容，是他们私自加进去的。

这就是"密探熊赐履"的整个过程，听完这些，大家会不会觉得有点不正常？按理说，告老还乡的大臣去世了，皇帝赏点钱，安抚下家属，就行了。可康熙，连人家去世前看什么医生，吃什么药，说了什么话，家庭情况如何，遗嘱写了什么，都想打探清楚，尤其是遗嘱，还要求曹寅一定要找到熊赐履的原稿，然后亲自进京汇报。

难道康熙怕熊赐履临终前说他的坏话？当然不是。康熙这么关注熊赐履，应该主要有三方面的原因：

首先，熊赐履跟康熙的关系确实非常亲密，他既是康熙的老师，又是重量级大臣，他从康熙刚登基开始就辅佐康熙，他的很多思想，对康熙治国都产生了很大的影响。康熙对他确实要比一般的大臣更为关心。

其次，熊赐履当了这么多年的内阁学士，是一位很有学识、有见解的人。

南京明孝陵

临终前还有一些治理国家想法和见解,留在遗嘱中,也是有可能的。所以,康熙尤其想知道熊赐履临终前到底留了些什么话。

最后,在熊赐履去世前,朝廷里经历了一件大事。这件大事的主角,跟熊赐履有关系。主角是谁呢?就是熊赐履的学生——太子胤礽。熊赐履从康熙十七年,也就是太子胤礽六七岁的时候,就开始担任太子的老师。在他去世前,短短一年里,他的学生——太子胤礽就经历了一废一立,就是说被废掉了太子身份,又重新被拥立。在正史里,我们可以看到,太子胤礽其实前后一共经历了两废两立。自古以来,太子的废立问题,都是会引起朝廷震荡的大事。在这么特殊的背景下,康熙对太子的老师——熊赐履这样关注,尤其是对他的遗嘱这么上心,也是可以理解的。

因此,从这几个方面,大家应该可以明白了,为什么康熙就要求曹寅一而再、再而三地打探熊赐履的情况。曹寅,也不负皇恩,在短短一年之内,就上了五道密折,详细地汇报熊赐履的情况。

"密探熊赐履"这种任务,是皇帝叫曹寅打听的。还有一些任务,是曹寅自己凭经验判断出来,是皇帝会感兴趣的事情。比如"密探明孝陵"。

康熙四十七年(1708年)五月,位于南京的洪武陵,也就是我们今天所说的明孝陵,在西北角坍了一个小洞。这样一件看似很小的事情,江宁织造的曹寅马上写了道密折告诉康熙,因为根据他的判断,康熙肯定对这件事情很关注。果然,康熙一听很紧张。他在给曹寅的批复里面写道:"此事奏闻的是,尔再打听,还有甚么闲话,写折来奏。"意思是说,这个事情,你汇报得太对了,赶紧再打听,别人都说了些什么闲话,再写密折汇报给我。

江宁织造曹寅奏洪武陵冢蹋陷折

康熙四十七年五月二十五日

江宁织造·通政使司通政使臣曹寅谨奏:恭请圣安。

目下上江米禁已开,客船陆续运到有二百余只,惟湖广、江西尚未通运,督抚已经移文开籴,将来自可接济无虞。臣为核减缎疋事,至扬州与苏杭两处织造会议,因同李煦、运司李斯佺商量,公同捐赀买米,往来平粜。两淮商人亦感沐天恩,情愿于江、广卖盐买米,载回平粜,以仰体皇上好生之德。臣已会同李煦公折陈请。

再,江宁洪武陵冢上西北角梧桐树下陷蹋一窟,口面有五尺余寸,深约二丈余,下视如井。臣念洪武陵有御赐碑额,太监看守,因民间讹言冢已蹋下,臣随往勘验,离地宫尚远十五丈余,毫不相关,原系当先培填之土不坚,日久值雨冲蹋,水流宝城之外。当有地方该管官员,即命陵户挑土填平。恐谣言流播,讹传失实,有厪宸衷,合先奏闻。

朱批:知道了。此事奏闻的是,尔再打听,还有甚么闲话,写折来奏。

(《关于江宁织造曹家档案史料》)

从这个批复里,大家可以看到,康熙紧张的是明孝陵坍塌了一个洞的事吗？不是！真正让他紧张的，是对于这件事情，江南的老百姓在议论些什么闲话，有些什么反应。

那么江南的老百姓对这件事究竟有什么反应呢？在曹寅的下一道密折里，我们看到，明孝陵坍塌的事情，果然一石惊起千层浪，不仅南京的百姓，连扬州、镇江的百姓都在议论纷纷了。有的说坍塌的洞有"十余丈"；有的说是看守不负责，被盗墓的经常挖掘才引起的坍塌；也有的说是大明王朝气数已尽，老天爷让它塌的，等等。那么康熙为什么这么紧张这件事情呢？

因为康熙是清朝的皇帝，明孝陵对他来说，是前朝皇族的陵墓，具有很高的政治敏感性，当时的江南地区还有很多明朝遗留下来的皇亲贵族和知识分子。而且江南地区的百姓因为一些历史原因，对清廷的仇恨也从未完全消除过，极易因为一些事件或煽动性的言论就引发所谓的"反清复明"活动。最典型的就是江宁织造设置那一年（1645年）的"剃发令"事件。清顺治二年（1645年），也就是清政府刚入关一年，朝廷就下令江南的官员和百姓，除了和尚和女子，其他的男子，在十天之内剃发，要将发型剃成满族人的形式，违抗命令的一律杀头。满族人的发型，大家可能在影视剧中都看到过，前面一半剃，后面留一半部分编成一根大辫子。现在看习惯了，也还能看得下去。可事实上，这是清代后期才出现的发式，清代前期，统治者要求百姓剃的，可不是这种发型，而是几乎整个头剃得光溜溜，只在后脑勺上方留一小撮头发，编成小辫子。这种发型还有个标准名词，叫"金钱鼠尾式"，大家想象一下那是个什么样子：光脑袋上，留一撮钱币大小的毛发，编成一根小辫子，像老鼠的尾巴。

所以对当时的江南百姓来说，首先，从形象上，把头发剃成这个样子，就已经是一种天大的耻辱了。再加上，江南百姓一直接受的都是汉族正统的文化教育，在他们眼里，身体发肤，受之父母，那是不能随便说动就动的。针对这种所谓的"留发不留头，留头不留发"的蛮横命令。当时江南百姓的态度就是"头可断，发决不可剃"。有的百姓，甚至干脆以自杀的方式保护头发。相传当时苏州有一对卖面饼的夫妇，一辈子与人无争。剃发令下来之后，老夫妇直接选择双双悬梁自尽。由此可见，"剃发令"这件事情，算是触到了江南百姓的心理底线，所以各个地方坚决反抗，甚至开始组织起了轰轰烈烈的起义，要反清复明。

清廷也不是吃素的，本来就是想借剃发这件事情，试探下江南百姓，到底服不服他们的统治。没想到江南百姓不仅不服,还要反清复明。这还了得,那就杀,杀到服气为止。所以清军在嘉定、扬州、江阴、苏州,几乎整个江南地区,都实施了残酷的镇压和屠杀,史籍上都有详细记载,惨不忍睹。

所以不难猜测,康熙皇帝是有这种担忧的,如果明孝陵坍塌这件事处理不好,说不定又会引发动荡和叛乱。

曹寅是深知康熙这些担忧的,所以他不仅包打听了这件事情,最后还处理好了这件事情。怎么处理的呢?他让看守陵墓的工作人员,把陵园开放三天,让百姓自由参观,百姓们看到原来只坍陷了一个小洞,而且离陵墓都还远着,根本不像谣言说的那样,坍陷了十余丈。所有谣言就不攻自破了,这件事情就自然而然过去了。

江宁织造曹寅再奏洪武陵冢蹋陷折

康熙四十七年七月十五日

江宁织造·通政使司通政使臣曹寅谨奏:恭请圣安。

本月十二日,臣家人齐报明陵折子回南,伏蒙御批:此事奏闻的是,尔再打听,还有甚么闲话,写折来奏。钦此钦遵。该臣细访得彼时民间讹称,洪武冢陷下深广十余丈,扬州、镇江各处传闻略同。有疑看守不谨,盗发岁久致陷者,有说明朝气数已尽天陷者,有疑前明初起工程不坚者。小人之谈,纷纷不一。臣随回省往看,陷处甚小,不过二丈余,实因日久土松所致,并无他故。且离冢甚远,毫无关碍。随令守陵人役,将宝城开放三日,许百姓纵观,咸知讹谬,至今寂然,遂无异说。随后已经填平,打扫完净。

再,一念贼僧已经授首,群黎莫不举手称庆,从此穷闾富户,俱无晓夜之虞,咸感颂皇仁,有加无已。

闻又贷免太仓王宦一家,圣恩宽大,自古未有,民间稍知诗礼之人,俱闻有泣下者。臣目击乡绅士庶传说如此。

又,臣前奏徽、宁、池、太等处雨水甚大,臣遣老成员役至彼处密密看验,回称因雨水过多,山水骤发,江边圩田口岸俱被冲倒。其太平府当涂县，有大官圩五十余万亩，自万历年间倒后修筑，至今又百余年，人民懈弛，久未防固，值骤水壅决，共中禾稻房屋，漂没甚多，今地方官现在开仓赈济。江宁及镇江下路一带，雨水亦大，低田晴后方可定分数，高田俱有十分收成。谨将晴雨录，自六月十六日起至本月十五日止，恭呈御览。

再，臣接家信，知镶红旗王子已育世子，过蒙圣恩优渥，皇上覆载生成之德，不知何幸，躬逢值此。臣全家闻信，惟有设案焚香，叩首仰祝而已。所有应备金银缎疋鞍马摇车等物，已经照例送讫。理合一并具折奏闻，伏乞睿鉴。

朱批：知道了。

(《关于江宁织造曹家档案史料》)

从这件事情，我们可以看出，曹雪芹爷爷曹寅的智慧。首先，在给康熙汇报江南百姓议论的内容上，他非常谨慎，汇报的内容也是精心选择过的。第一，什么看守不力，盗墓贼引起的，没有什么大逆不道的话。第二，什么大明朝气数已尽，大明王朝自己没造好，等等，反而是说明朝坏话的。这样，康熙皇帝看到江南百姓不仅没有什么逆反心理，反而对前朝有非议，就不会过于担心、焦虑。其次，在处理谣言的事情上，曹寅也非常有智慧。他并没有去解释、反驳那些谣言，他知道之所以以讹传讹，是因为不明真相，所以干脆敞开陵园，让大家了解真实情况，最后谣言不攻自破。让康熙皇帝非常紧张的"明孝陵坍塌"事件，就这样自然而然地平息掉了。

从这封密折中，大家也可以看到，除了以上我说的两个有代表性的密探任务外，江宁织造曹寅还要定期向康熙汇报江南地区天气情况、粮食收成，因为这些都是关乎百姓民生的。

从江宁织造的密探任务中，大家可以体会到，像曹寅三人打听的事情，表面上看，好像都是些细小琐碎、无关紧要的事情。实际上深入了解这些小事，背后其实都可以看到康熙的良苦用心。在江南地区安排耳目，替他打探消息，并不是说康熙皇帝，想了解谁对他不忠，想铲除异己。他一方面，想获得更多的信息，通过多个渠道来更深入、更全面的了解他所管理的国家。另一方面,对同一个事件,他可以进行对比,避免偏听偏信,从而做出英明的决策。设立江南三织造这样的情报机构,其实是康熙的治国策略,这样的策略对国家长治久安是有益的,对百姓民生,也是有益的。

　　从前文可知,江南三织造中曹雪芹家管理的江宁织造,对应的是《红楼梦》四大家族中的贾家;江宁织造给皇帝做了哪些本职任务,像前面说的龙袍、圣旨、上用丝绸,等等;江宁织造还替皇帝完成了很多鲜为人知的秘密任务,比如密探熊赐履、打探明孝陵塌陷等。

　　那么,江南三织造中的苏州织造,对应的又是四大家族中的哪一家呢?它又替康熙皇帝完成了哪些做丝绸的本职任务,哪些密探任务呢?

金陵史家与苏州织造

之四

前文，我们讲述了，《红楼梦》四大家族中贾家的原型跟康熙一朝的江宁织造有莫大渊源，江宁织造给皇帝完成了哪些做丝绸的本职任务，完成了哪些鲜为人知的秘密任务。

那么，四大家族中的史家，是来源于江南三织造中哪个织造机构呢？他们家又替皇帝完成了哪些本职任务和秘密任务呢？

首先，我们来看史家的原型。我认为，《红楼梦》四大家族中史家的原型，是江南三织造中的苏州织造。这么说有什么依据呢？

记得在"《红楼梦》四大家族原型之谜"一文中，我提到过，《红楼梦》中的四大家族皆连络有亲，其中贾家跟史家的联姻，在《红楼梦》第二回"冷子兴演说荣国府"中有交代。"自荣公死后，长子贾代善袭了官，娶的也是金陵世勋史侯家的小姐为妻"。意思是说，贾宝玉的爷爷，娶了史家小姐为妻，这位史家小姐，就是书中的老祖宗贾母。之前我已经给大家阐释了贾家对应的原型是清代管理江宁织造的曹家，那么在现实的江南三织造中，有没有哪家的人，嫁给了曹家呢？有的，就是苏州织造李煦的妹妹，嫁给了曹雪芹的爷爷曹寅！

苏州织造的李煦，字旭东，又字莱嵩，号竹村，顺治十二年（1655年）正月二十九日生，正白旗荫生。十六岁便入国子监读书，康熙十三年（1674年），被授任为内阁中书，康熙十六年（1677年），年方二十四岁的李煦授任广东韶州知府，可见李煦也是学识渊博，年少有为。可巧的是，他的母亲也是康熙皇帝保姆，所以他和曹寅一样，都是康熙皇帝非常信任的人。康熙三十二年（1693年），曹寅从苏州织造调任江宁织造，李煦就开始管理苏州织造，

李煦像

一直到康熙六十一年（1722年），管理了近三十年之久，是历史上管理苏州织造时间最长的织造官。在康熙五十四年（1715年），他给康熙的一道密折里，有这样一句话，"闻臣妹曹寅之妻李氏。"很清楚交代了，他的妹妹李氏就是曹寅的妻子。所以，这就是我说《红楼梦》中史家的原型来源于苏州织造李家的第一个依据。

第二个依据在于，《红楼梦》中，除了老祖宗贾母来自史家，还有一个可爱的姑娘也是史家的，她就是大家都很熟悉的史湘云。《红楼梦》中说史湘云从小父母双亡，是由她两个叔叔抚养。她两个叔叔的名字在《红楼梦》中的一些片段中，都有提到。

史湘云像

第十三回，写秦可卿去世了，亲戚朋友都来悼念，贾家上上下下忙得团团转，突然有人禀报，说，"忠靖侯史鼎的夫人来了。"王夫人、凤姐等就赶紧去迎接。在这个片段中，就提到了史湘云的一个叔叔，名字叫史鼎。

另外一个叔叔的出现，是在第四十九回，书上是这样写的，"谁知保龄侯史鼐又迁委了外省大员，不日要带家眷去上任。贾母因舍不得湘云，便留下他了。"意思是说，史湘云的叔叔要去外省当官，贾母舍不得湘云，就把湘云留在了贾府。这里就出现了史湘云的另外一个叔叔，名字叫史鼐。

我告诉大家，史湘云的这两个叔叔的名字，曹雪芹在写作的时候，可以说是照搬了现实中两个人的名字。

康熙五十九年（1720年）九月，苏州织造李煦给康熙写了一道密折，题目叫《谢召见李鼎折》，这里就出现了一个叫李鼎的人。李鼎是谁呢？密折里有解释，"窃奴才接阅奴才之子李鼎家信云"。原来,李鼎不是别人,正是苏州织造李煦的儿子。大家看看,小说里史湘云的一个叔叔叫史鼎,现实中苏州织造李煦的儿子叫李鼎,这就对上一个了。

谢召见李鼎折

康熙五十九年九月初八日

窃奴才接阅奴才之子李鼎家信云,七月初五日于行在叩请圣安,蒙万岁特恩召见,八月初六日又蒙圣恩准其随驾出口。奴才闻之,且喜且惊,顾奴才自问何人,乃数十年来躬膺万岁隆恩叠沛,方愧报称之良难。今奴才之子更何人斯,乃亦蒙恩优宠,特赐召见,且蒙温旨下询及奴才,兼及奴才之母,天颜开霁,宛若家人父子,此诚旷世不易见之殊恩异数,奴才父子竟躬逢而身受之,感激涕零,惟有勉竭犬马之愚忱,以图仰答高厚于万一而已。谨具折奏谢。伏祈圣鉴。

(《李煦奏折》)

但是小说中提到史湘云还有一个叔叔,叫史鼐,现实中,有谁被称作"鼐"吗?有的,无巧不成书,李煦还有一个儿子,名字就叫李鼐。清代有个人曾经写过一篇《前光禄大夫户部右侍郎管理苏州织造李公行状》的文章,就是记录苏州织造李煦的生平事迹。在这篇文章中,提到了苏州织造李煦家的情况。其中有一句是这样的。"子二人,鼎、鼐……",意思就是说李煦有两个儿子,一个叫李鼎,另外一个就叫李鼐。这跟《红楼梦》中史湘云的两个叔叔史鼎、史鼐,完全对得上。这就是我说《红楼梦》四大家族中史家的原型来源于苏州织造的第二个依据。

根据以上两个依据,我认为《红楼梦》四大家族中的史家原型,就是来源于康熙年间管理苏州织造的李家。

苏州织造和江宁织造一样,也是既做丝绸,又做密探机构。那么苏州织造替康熙皇帝完成了哪些本职任务和秘密任务呢?

苏州织造位于现在的苏州带城桥一带,现在还保存有一个比较完好的大门遗址,上面写着"苏州织造署"几个大字,就在现在的苏州十中里面,已经

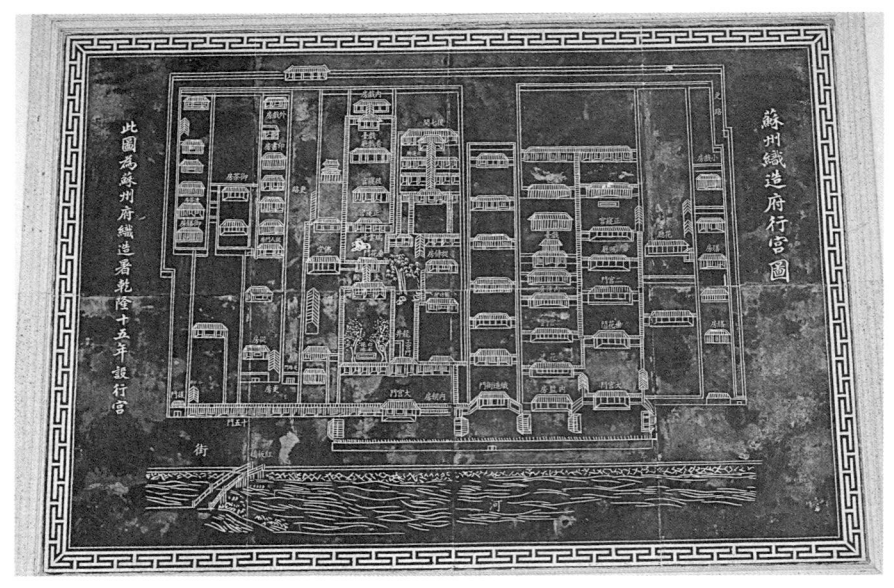

苏州织造署

列为国家级文物保护单位。

  苏州织造和江宁织造一样,也承担一部分给皇帝家做衣服的任务。但是不同于江宁织造主要是负责皇帝专用的上用丝绸,苏州织造更多的是做皇帝赏赐用的丝绸。这种赏赐用的丝绸,都是一匹一匹的,用量非常大。一方面是用于对内赏赐,也就是说赏赐有功的王公大臣。据《清顺治朝实录》记载顺治元年(1644年),也就是顺治皇帝刚即位的时候,为了感激多尔衮帮助他登上皇帝宝座,就赏赐了多尔衮一万匹丝绸。顺治二至四年(1645—1647年),对大学士范文程、刚林、祁充格、六部侍郎等一大批文武官员,以及和硕亲王多铎、多罗承泽郡王硕塞等一大批皇亲国戚赏赐了各种贵重物品,其中最重要的就是各种丝绸制品,比如蟒袍、纱衣。

  另外一个方面,就是对外赏赐,就是对藩属国的赏赐。历朝历代的统治者,都十分注重与周边的国家搞好关系,维护边疆的稳定。有些朝代的统治者,也一直把自己的国家当作天朝上国,周边的小国家都是臣子、小弟,都要奉我做老大。当老大就得有老大的风度,总要付出些什么,不然周边小国不可能平白无故地就认你当老大。明朝皇帝们付出的就是大量丝绸。

  明朝的时候,周边有很多藩属国。而明朝奉行海禁政策,也就是说,这些藩属国没事是不能来中国做生意、换取他们需要用的货物。可中国的丝绸在这些国家，十分抢手，价值堪比黄金。要想获得中国的丝绸怎么办呢？来天朝上国向老大朝贡，老大是要面子的人，你们来朝贡，那我也得赏赐，你们最喜欢丝绸，丝绸我多得是，大赏。所以在明代的时候，通过大明皇帝的赏赐，成了周边藩属国获取中国丝绸的唯一途径，加上明朝皇帝又出了名地大方，导致很多国家争相前来朝贡。公元1523年6月，日本左京兆大夫内艺兴派倍宗设向明朝进贡，到了明州（今宁波）市舶提举司，没过两天，日本右京兆大夫高贡派的朝贡使瑞佐也到了。瑞佐还带了一个叫宋素卿的宁波当地人。瑞佐见倍宗比自己先到，如果市舶提举司先接受倍宗的朝贡品，配额一到，自己就连汤也喝不上了。于是，他派宋素卿贿赂市舶太监赖恩，先接受自己的朝贡。

倍宗设一看自己的任务要黄，不能把中国丝绸带回去，也是死路一条啊！他一怒之下，领着手下就把瑞佐给砍了，把瑞佐的船给烧了，然后一路掠抢而去，这事件后来被称为"争贡之役"。

而清代得了天下，也同样需要稳住这些藩属国，让藩属国向自己朝贡，表明自己天朝上国的地位，同时也需要赏赐他们，以显示自己地大物博的胸怀。

清初，礼部就对藩属国朝贡之后的赏赐专门定下了制度。根据国家的不同，赏赐也不尽相同，比如对朝鲜的赏赐：国王表缎、里各五匹，妆缎四匹、云缎四匹、貂皮一百张，正副使各大缎一匹、帽缎一匹、彭缎一匹、绸一匹、纺丝一匹、绢两匹、银五十两；书状官大缎一匹、彭缎一匹、绢一匹、银四十两；大通官各大缎一匹、绢一匹、银二十两；护贡官各彭缎一匹、布二匹、银十五两，得赏从人各银四两。

看一下这个赏赐的礼单我们不难发现，清朝皇帝对藩属国的赏赐品，主要内容也都是各种丝绸面料。这也充分说明了丝绸在中国外交上的作用与地位。

那么大家可能要问了，为什么皇帝一赏赐就喜欢赏丝绸呢？丝绸说白了，不也就是一种布料吗？可是我告诉大家，丝绸可不是一种普通的布料，因为在古代，丝绸非常贵重，和黄金、白银一样，都是是财富和地位的象征，十分适合皇帝用来笼络人心、安稳天下。所以历朝历代的皇帝，都要专门设置机构来生产这种赏赐用的丝绸，清朝的时候，生产赏赐用丝绸的主要基地就是苏州织造。

在《红楼梦》里面也可以看到大量的赏赐用丝绸。比如在第十八回,写元春省亲的时候,就写到贵妃元春赏赐了很多东西给贾府的人,其中赏给贾母的是"富贵长春"宫缎四匹,"富寿绵长"宫绸四匹,此外还有一百多匹彩色的绸缎,赏赐给了参与这次接待的工作人员,充分展现了贵妃的风度和慷慨。

少时,太监跪启:"赐物俱齐,请验等例。"乃呈上略节。贾妃从头看了,俱甚妥协,即命照此遵行。太监听了,下来一一发放。原来贾母的是金玉如意各一柄,沉香拐拄一根,伽楠念珠一串,"富贵长春"宫缎四匹,"福寿绵长"宫绸四匹,紫金"笔

缂丝

锭如意"锞十锭,"吉庆有鱼"银锞十锭。邢夫人、王夫人二分,只减了如意、拐、珠四样。贾敬、贾赦、贾政等,每分御制新书二部,宝墨二匣,金银、爵各二只,表礼按前。宝钗、黛玉诸姊妹等,每人新书一部,宝砚一方,新样格式金银锞二对。宝玉亦同此。贾兰则是金银项圈二个,金银锞二对。尤氏、李纨、凤姐等,皆金银锞四锭。表礼四端。外表礼二十四端,清钱一百串,是赐与贾母、王夫人及诸姊妹房中奶娘,众丫鬟的。贾珍、贾琏、贾环、贾蓉等,皆是表礼一分,金锞一双。其余彩缎百端,金银千两,御酒华筵,是赐东西两府凡园中管理工程、陈设、答应及司戏、掌灯诸人的。外有清钱五百串,是赐厨役、优伶、百戏、杂行人丁的。

之前,我们说过江宁织造有一门丝绸绝技,叫"天衣无缝",那么苏州织造有没有什么绝技呢?有的,苏州织造的绝技叫"丝绸上的雕刻艺术"。

丝绸这么软,这么薄,还能做雕刻?我说的这个绝技,真正的名字叫"缂丝",也叫"刻丝",雕刻的刻。这是用通经断纬的方法,手工织成的,它的经线都是一整根,但是纬线要根据颜色和花纹的变化而更换。

缂丝是我国具有悠久历史的丝织工艺品。从记载来看,早在汉魏时期就已经出现这种技艺。与其他织物相比,缂丝有着显著不同的工艺特点和风格特征。它以生丝为经线,各种彩色熟丝线作为纬线,织纬呈曲纬状。它是运用通经断纬的织造方法,纬线系断纬而非通纬。同时,在花纹和地色相合处,呈现一丝小裂痕;又因为使用抢色方法,在色的衔接处有明显小眼,承空而看,裂痕和小眼似尖刀镂刻一般,故有"刻丝"和"克丝"之称。缂丝成品正反两面一样,均可供欣赏。缂丝结构多为平纹结构,但有时也有使用斜纹结构和平纹结构相结合。

缂丝有其专用的织机——缂丝机,这是一种简便的平纹木机。缂织时,先在织机上安装好经线,经线下衬画稿或书稿,织工透过经丝,用毛笔将画样的彩色图案描绘在经丝面上,然后再分别用长约十厘米、装有各种丝线的舟形小梭依花纹图案分块缂织。同一种色彩的纬线不必穿过整个幅面，只需根据纹样的轮廓或画面色彩的变化，不断换梭。

缂丝能自由变换色彩，因而特别适宜制作书画作品。缂织彩纬的织工须有一定的艺术造诣。缂丝织物的结构则遵循"细经粗纬""白经彩纬""直经曲纬"等原则。即：本色经细，彩色纬粗，以纬缂经，只显彩纬而不露经线等。由于彩纬充分覆盖于织物上部，织后不会因纬线收缩而影响画面花纹的效果。

缂丝的工艺流程，一般有16道工序：落经线、牵经线、套筘、弯结、嵌后轴经、拖经面、嵌前轴经、捎经面、挑交、打翻头、箸踏脚棒、扣经面、画样、配色线、摇线、修毛头。织造一幅作品，往往需要换数以万计的梭子，其花时之长，功夫之深，织造之精，可想而知。

和之前讲的孔雀锦不一样，缂丝的优点是，它正反两面是一样的，在纬线交接的地方是镂空的，纹样就像在丝绸面料上雕刻出来的一样，所以我说是"丝绸上的雕刻艺术"。这门技艺也已经被列入国家级非物质文化遗产。缂丝工艺非常复杂，一个工人一天只能织五厘米。所以缂丝在古代非常金贵，有"一寸缂丝一寸金"的说法。

在《红楼梦》中有一个重要人物出场的时候，穿的就是用缂丝技艺做的衣服。《红楼梦》第三回林黛玉进贾府后，只见一群人簇拥着一个神妃仙子一样的人出场，这个人是谁呢？就是贾府的大管家王熙凤。书中对王熙凤的外貌和衣着，有着十分详细的描述，其中有一句是这样写的"外罩五彩刻丝石青银鼠褂"，说明了王熙凤穿的这件衣服，就是用缂丝技艺做的。而且大家去翻翻《红楼梦》，可以发现，即使像贾府这样大富大贵的人家，除了王熙凤有那么几件缂丝衣裳，还没见过其他的人有穿过。曹雪芹也通过这个细节，彰显了王熙凤在贾府不同寻常的地位。

一语未了，只听后院中有人笑声，说："我来迟了，不曾迎接远客。"黛玉纳罕道：这些人个个皆敛声屏气，恭肃严整如此，这来者系谁，这样放诞无礼？心下想时，只见一群媳妇丫鬟围拥着一个人，从后房门进来。这个人打扮与众姑娘不同，彩绣辉煌，恍若神妃仙子：头上戴着金丝八宝攒珠髻，绾着朝阳五凤挂珠钗；项上戴着赤金盘螭璎珞圈；裙边系着绿色宫绦双衡比目玫瑰佩；身上穿着缕金百蝶穿花大红洋缎窄裉袄，外罩五彩刻丝石青银鼠褂，下罩翡翠撒花洋绉裙。一双丹凤三角眼，两弯柳叶吊梢眉。身量苗条，体格风骚；粉面含春威不露，丹唇未起笑先闻。黛玉连忙起身接见。贾母笑道："你不认得他，他是我们这里有名的一个泼皮破落户儿，南省俗谓作'辣子'，你只叫他'凤辣子'就是了。"黛玉正不知以何称呼，只见众姊妹都忙告诉他道："这是琏嫂子。"黛玉虽不识，也曾听见母亲说过，大舅贾赦之子贾琏娶的就是二舅母王氏之内侄女，自幼假充男儿教养的，学名王熙凤。

做赏赐丝绸和缂丝产品等，这些就是苏州织造主要的丝绸本职任务。李煦管理了苏州织造近三十年，是管理苏州织造时间最长的织造官。他除了管理丝绸生产之外，还替康熙皇帝完成了很多秘密任务。

我们现在能看到的，苏州织造李煦写给康熙的密折有四百一十三件，是江南三织造里面密折数量最多的。我选两件最有代表性的给大家说说。

第一件叫"密探江南科考案"。

到南京旅游过的朋友，我猜十有八九都去过秦淮河北岸的夫子庙，那是南京城内最有名的景点。夫子庙里有一个建筑，大家可能印象最为深刻，那就是江南贡院。江南贡院来头很大，它曾经是中国最大的科举考场。三百多年前，就在这个江南贡院，发生过一起震惊全国的"科场案"。

公元1711年的秋天，北京城里已经是落叶飘飘，冷风飕飕。夜深了，康熙皇帝还在批阅奏折。突然，江苏巡抚的一封奏折让康熙大为震惊，江苏巡抚在奏折里说到，这次的江南科场考试，曝出来惊天丑闻，两个中举的考生，水平差得一塌糊涂，一个连《三字经》都背不顺溜，另外一个默写《百家姓》里的"赵钱孙李"，四个字就错了三个，这样的人，竟然中举了。康熙看了这封奏折，真是火冒三丈。接下来，他又看到一封密折，更是火上浇油。这封密折不是别人写的，就是苏州织造的李煦写的。李煦的密折对整个科考案的情形，做了详细的描述。说成千上万没中举的考生，气愤得不得了，认为是主考官收了贿赂，把科考这种为国家选拔人才的事情，变成了他们敛财的手段。为了发泄心中的不满，考生们抬着财神像，浩浩荡荡地游街，游完街，还把财神像直接摆到了江南贡院里。然后又把"江南贡院"那块大匾上的"贡院"两个字，涂改成了"卖完"。"贡院"的繁体字形，和"賣完"的繁体字形，就差个偏旁，考生们一涂一改，好好的"江南贡院"就变成了"江南卖完"，这真是极大的讽刺。就这样，考生们还不解恨，这次科举考试的主考官姓"左"，副考官姓"赵"，一夜之间，江南地区就挂满了对联，对联上写的是："左丘明双目无珠，赵子龙浑身是胆。"意思是指责姓左的主考官对舞弊行为视而不见、听而不

江南贡院

闻,姓赵的副主考官胆大妄为、贪赃枉法。苏州织造的李煦也原原本本抄录了一条对联的内容,夹在了给康熙皇帝的密折里。

看了李煦的密折,康熙皇帝简直都快气昏了。大家想想,这些成千上万的考生,来参加科举考试,都是一腔热血要来报效朝廷,辅佐康熙皇帝的。闹出科考舞弊这样的事情,还闹得这么荒唐,这相当于一记响亮的耳光,甩在了一代君主康熙的脸上,以后他还有什么威信可言? 其次,康熙一直以明君自诩,科考事关国家的发展,科举监考官应该是他信任的大臣,却如此大胆地欺骗他,实在太让人气愤了。在给李煦的回复里,我们可以看到这位帝王当时的心情,他写道:"纷纷议论,京中早已闻知,可羞之极矣。"意思是说,发生这样的事情,京城里的人都在议论纷纷,我真是羞愧到了极点。

因此,康熙马上下了一道圣旨,派官员立即下江南,要他们严厉查处这次科考舞弊案。同时要求苏州织造李煦,继续严密监听整个科考案的进展情况。

没想到,这次的江南科考案,远远没有大家想象的那么简单,拔出一个萝卜,带出一堆泥,牵扯的面非常广。此外江南地区两个高级别的地方官,一个是两江总督,一个是江苏巡抚,他俩本来就不和睦,最后也都借着科考案之事互掐起来,闹得沸沸扬扬,让案情更加错综复杂。于是这件案子从公元1711年9月开始审,一直审到1712年10月才勉强审完。江宁织造的曹寅,本来一开始也连续上了五六道密折给康熙汇报江南科考案的情况,可不幸的是,到公元1712年8月,曹寅突然去世了。这个包打听的任务,后来就落在了苏州织造李煦一个人身上。康熙一而再、再而三的要求李煦"再打听、再打听"。一年多的时间,李煦连续写了十四道密折,直到案子审完,才总算完成了这次"密探江南科考案"的任务。

从李煦写给康熙的十几道密折中可以看到,朝廷派来审案的官员和地方官的关系错综复杂,严重影响了案子的公正审判。而苏州织造这种机构,几乎独立于这些势力之外,这就相当于下面是乱哄哄的江南科考案,而苏州织造是一个悬空在整个事件上的高清摄像头,很客观、很冷静的把信息都记录了下来,从而能让康熙皇帝也能很客观看清楚整个事件。比如,康熙一开始派来了一位姓张的主审官,先是审了三个月,一点头绪都没有审出来。又审了三个月,始终没把审问的重点,放在嫌疑最大的主考官身上，后来迫于舆论的压力，又胡乱定了一通罪。江南的百姓都看出苗头来了，说这个姓张的主审官，心里顾虑太多，瞻前顾后，是不可能审出公正结果的。李煦把这些情况都看在眼里，所以在密折中，把真实的情况都十分详细地告诉了康熙。康熙得知这些情况后，马上换了一个主审官，并且下了一道严厉的圣旨，要求新的主审官在三个月内，必须审问出结果来。新到的主审官，顶着这么大压力，丝毫不敢懈怠，雷厉风行，果然不到三个月就查了个水落石出。最后，康熙亲自裁决，该打的打，该杀的杀，判决都十分公允公正。那些之前闹事的考生们，无不扬眉吐气，称颂康熙皇帝圣明。康熙皇帝也因此重新获得了千万考生的信任，稳定了民心。因此，可以说，如果不是苏州织造李煦替康熙打探来那么多客观、真实的情报，康熙对江南科考案的处理，不可能这么果断而公正。

张鹏翮审讯科场等各案情形折

康熙五十一年五月十六日

科场一案，闻审事大人将举人席玘、马士龙拟革，其举人吴泌与程光奎拟革问罪，主考、房官亦皆引例问罪。但扬州人议论，皆说："主考、房官卖举人的关节如何授受，大人审了半年，终不曾在主考、房官身上究出真情。"等语。众论如此，

再，抚臣张伯行参督臣噶礼，贿卖举人得银五十万两之事，大人张鹏翮已经审明并无贿卖实据。

至于沈必耀命案，臣闻从前具题，是说沈必耀将伊妻揿死，及抚臣参后再审，乃是沈必耀之妻自行缢死，情节互异。今大人张鹏翮只照缢死定案，将从前承问失之人各官，拟有降级、革职处分。

臣闻张鹏翮各案现在缮疏，大约五月二十日边，拜本复旨，即往福建去矣。

臣煦谨以所闻大略，具折奏明，伏乞圣鉴。

朱批：朕闻大概不过如此，京中哄传，以为笑谈。

（《李煦奏折》）

众人议论张鹏翮审案情形折

康熙五十一年五月二十六日

审事大人张鹏翮于五月二十日拜本之后,是日即起身前往福建矣。臣访得张鹏翮去后,扬州人皆说:"大人若早严审房官、主考,那卖举人的关节,来踪去迹,自然水落石出,有何难审,要费这许多日子工夫。总因心性偏执,瞻此顾彼,游移不决,以致拖延到目下方完。究竟卖举人的情弊,不曾全然明白,因外人纷纷议论,所以将副主考赵晋、房官王曰俞、方名问了充军。"等语。

至于沈必耀命案,从前抚臣以沈必耀揪死伊妻定案具题,及参后复审,又是沈必耀之妻自行缢死,前后互异。今大人张鹏翮不将揪死缢死情节细审明白,竟照缢死定案。外边议论说:"此案大人只图速完,又审得草率不明了。"等语。谨一并奏闻,伏乞圣鉴。

朱批:纷纷议论,可笑。

(《李煦奏折》)

此外,在苏州织造的李煦完成的秘密任务中,还有一件对康熙来说非常重要的事情。那就是密探王鸿绪。

王鸿绪是谁呢?他也是康熙十分信任的臣子,是康熙十二年(1673年)的进士,后来官至工部尚书,曾负责编撰《明史》,而且他的书法写得相当不错。

那么康熙后来为什么特别嘱咐李煦要关注他

王鸿绪像

呢？说起来，也有趣。他曾经也给康熙皇帝完成过一些秘密任务，但与江南三织造不同，他一直在京城为官，秘密汇报的也大都是康熙朝京城官员的情况，一直都很得康熙的信任。

我们知道在康熙朝中后期，朝廷发生了一件很大的事情，就是康熙的九个儿子，争夺太子之位。这是怎么回事呢？原来康熙十四年，康熙立刚满周岁的二阿哥胤礽为皇太子，可是没想到皇太子后来变得骄纵、蛮横，并且结党营私，目无法纪，做出了很多荒唐的事情，康熙和他的关系越来越紧张。到康熙四十七年，康熙皇帝终于忍无可忍，宣布废除太子。从那以后，康熙的其他儿子，对太子之位的争夺就越来越激烈。

王鸿绪一直以来很看重八皇子，太子被废后，他觉得时机到了，马上召集了一帮大臣，去向康熙皇帝推荐八皇子来做太子。结果，他先是被康熙皇帝狠狠地斥责了一顿，然后又被摘了乌纱帽，赶回了江南老家。

可王鸿绪心有不甘，即使回了老家，他每个月都要派家人去北京，打探关于太子的事情。

一年不到，康熙又恢复胤礽的太子地位。但王鸿绪依旧不死心，甚至还到处与人说，现在太子虽然复位了，可是皇上还在犹豫，太子的位子保不保得住，只怕还说不定。所以，康熙会向苏州织造的李煦打听王鸿绪的情况，也就可以理解了。

原任户部尚书王鸿绪等探听宫禁之事摇惑人心折

康熙四十八年十二月初二日

窃臣奉到批回奏折，内奉御批："朕体安。近日闻得南方有许多闲言，无中作有，议论大小事，朕无可以托人打听，尔等受恩深重，但有所闻，可以亲手书折奏闻才好。此话断不可叫人知道。若有人知，尔即招祸矣。"钦此钦遵。臣闻原任户部尚书王鸿绪，今岁解职回家之后，每月必差家人进京，至伊兄督察院王九龄处，探听宫禁之事，无中作有，摇惑人心。

又有徽州人程兆麟者，陕西曾做过道官，今往来苏州、扬州，招摇多事，时有闲言。

又有苏人范溥，系山东东平州知州，丁忧归里，自称熟于京师要路，亦有招摇不根之语。理合据闻复奏，伏乞圣鉴。

(《李煦奏折》)

王鸿绪等乱言目下东宫虽已复位将来难定折

康熙四十九年正月十九日

窃臣家人赍回奉发奏报晴雨折子，臣煦叩头开拆，伏读御批："知道了，尔亲手写的折子，打发回去，恐途路中有所失落不便，所以不存了，尔还打听是什么话，再写来，密之，密之。"钦此钦遵。臣打听得王鸿绪每云："我京中时常又密信来，东宫目下虽然复位，圣心犹在未定。"如此妄谈，惑乱人心。臣煦感戴圣恩，谨遵谕旨，据闻复奏，而王鸿绪门生故旧，处处有人，即今江苏新抚臣张伯行，亦鸿绪门生，且四布有人，又善于探听。伏乞万岁将臣此折与前次臣煦亲手所书折子，同毁不存，以免祸患，则身家保全，皆出我万岁之恩赐也。至于前所奏程兆麟、范溥，其两人亦每每乱言东宫虽复，将来恐也难定。理合一并复奏以闻。

(《李煦奏折》)

在密探王鸿绪这件事情上，有一个很奇怪的现象：我们现在看到留下来的，李煦所上的密折仅仅只有两道，而且这两道密折都有一个奇怪的现象：密折的后面，都没有皇帝的批复。

康熙皇帝没给批复吗？不是的，康熙皇帝给了批复，不过他没写在这两道密折的后面，而是故意写在了另外两道密折后面，那是李煦同时给康熙皇帝的，两道汇报江南天气情况的密折。第一道的批复写在《扬州冬雪折》后面，是这样写的："尔亲手写的折子，打发回去，恐途路中有所失落不便，所以不存了，尔还打听是什么话，再写来，密之，密之。"意思是说，你亲手写的那个密折，打发回去的话，我怕路上丢了，引起不必要的麻烦，所以不保存了，你还听到王鸿绪他们说了些什么话，再汇报给我，后面又连续用了两个"密之"，嘱咐苏州织造的李煦一定要谨慎再谨慎。

扬州冬雪折

康熙四十八年十二月初二日

恭请万岁圣安。

窃扬州地方，于十一月二十九日，已得冬雪，明年春熟，可以期望。至于扬州、苏州近日米价，上号的仍一两之内，次号的仍九钱之内。人情安贴，地方无事。理合奏闻。

扬州十一月晴雨册进呈，伏乞圣鉴。

朱批：知道了。尔亲手写的折子，打发回去，恐途路中有所失落不便，所以不存了。尔还打听是什么话，再写来。密之，密之。

（《李煦奏折》）

在这里，康熙皇帝说："恐途路中有所失落不便，所以不存了。"其实不是康熙小心过度，而是在两年前，李煦确实遗失过一次密折。那是康熙四十六年（1707年），李煦把密折藏在给康熙的贡品内，打发家人送到京城去。按照惯例，康熙都会把批过的密折返还给家人（旧称仆人），让他带回来后给李煦。可这次家人回来后，说皇帝没有返还密折。李煦一听，心里一惊，这不符合常规啊，一定有问题。于是拷问去送密折的家人，最后家人说了实话，说是在路上不小心把密折给弄丢了，怕受惩罚，所以干脆推脱，说皇帝没有返还密折。这样的结果，让李煦吓得半死，皇上千叮嘱万叮嘱，要谨慎，要保密，现在居然把密折弄丢了，只怕要龙颜大怒。责任肯定是推脱不了了，那么怎么办呢？李煦脑子也还算清醒，他先把丢密折的家人，捆起来，听凭皇上发落，然后自己也主动请罪，说自己用人不当，恳请皇上惩罚。康熙皇帝念在他主动认错，态度又诚恳，而且丢掉的密折内容，也不是太要紧的事情，最后赦免了李煦全家。但是这次王鸿绪的事情，是关乎太子、关乎皇室的机密大事，为了避免密折遗失、机密泄露的风险，所以康熙就干脆没将密折发回去给李煦了。

因家人途中遗失进折自请处分并补缮折

康熙四十七年正月十九日

恭请万岁万安。窃臣煦于去年十二月初七日，风闻太仓盗案，一面遣人细访，一面即缮折，并同无节竹子，差家人王可成齐捧进呈。今正月十七日，王可成回扬，据称："无节竹子同奏折俱已进了，折子不曾发出。"臣煦闻言惊惧。伏思凡有折子，皆蒙御批发下，即有未奉批示，而原折必蒙赐发。今称不曾发出，臣心甚为惊疑。再四严刑拷讯，方云："折子藏在袋内，黑夜赶路，拴缚不紧，连袋遗失德州路上，无处寻觅。又因竹子紧要，不敢迟误，小的到京，朦胧将竹子送收，混说没有折子，这是实情。"等语。臣煦随将王可成严刑锁拷，候旨发落。但臣用人不当，以至遗误，惊恐惶惧，罪实无辞，求万岁即赐处分。兹谨照原折，再缮写补奏，伏乞圣鉴。臣煦临奏不胜战悚待罪之至。

朱批：凡尔所奏，不过密折奏闻之事，比不得地方官。今将尔家人一并宽免了罢。外人听见，亦不甚好。

（《李煦奏折》）

那么另外一道没有回复的密折，又是为什么呢？在另外一封密折里，从前面康熙四十九年（1710年）正月十九日的那封密折内容中，我们可以看到，苏州织造的李煦，汇报完王鸿绪的近况后，他就主动恳请皇上，把他之前写的那些关于王鸿绪的密折都毁掉。李煦在密折中说，王鸿绪在江南地区势力很大，有很多熟人和眼线，而且又很会探听各种事情，如果他知道自己的言论都被李煦记录下来，报告给了皇帝，只怕会得罪他，给李煦及家人带来祸患。同样，康熙在这封密折后面也没有批复，而是把批复写在了李煦给他的"天气情况表"后面，这样写道："知道了，密折伏于丙丁了。"'丙丁'一词，大家可能不熟悉，在古代就是指代"火"，"伏于丙丁"就是说用火烧了。康熙就是告诉李煦，我知道了，你前面写的几封密折，我都直接烧了。李煦这才放心。

新岁米价并进苏扬二州晴雨册折

康熙四十九年正月十九日

恭请万岁万安。

窃新岁江南天气晴明，百姓预卜丰年之兆，无不欢饮鼓舞，以为万岁洪福所致。新岁米价，上号的一两一钱之内，次号的九钱之内。

　　苏州、扬州十二月晴雨册进呈，伏乞圣鉴。

　　朱批：知道了，密折伏于丙丁了。

(《李煦奏折》)

　　以上就是苏州织造李煦密探王鸿绪的过程。

　　从密探江南科考案和密探王鸿绪，大家可以看到，这两件事都是关乎国家的大事，科考案关系到朝廷的人才选拔问题，王鸿绪的事情关乎太子的废立问题。所以康熙会如此地关注，要求李煦等详细打听。这个过程中，康熙也非常谨慎、小心，不仅要李煦以秘密奏折的形式来汇报，而且对秘密奏折的处理，也是非常慎重、周密。

　　除了密探江南科考案和密探王鸿绪之外，康熙让苏州织造李煦汇报得最多的就是江南地区的米价和天气情况，李煦几乎每个月都会把近期的米价和天气情况制成表格，汇报上去，要是有一个月汇报得晚了，康熙皇帝还要批评他。这些米价表、天气情况表，康熙皇帝每一个都仔仔细细地看了，还都有批复。大家都知道，农业是古代社会的经济基础，而农业是要看天吃饭的，天气情况直接影响粮食的收成，江南地区又是全国粮食的主要来源，所以康熙会对天气情况、粮食价格这么上心，以加强他对国家经济基础的管理。说实话，康熙这样细致入微和用心良苦的管理，比起撤三藩、收复台湾的那些丰功伟绩，更让人油然起敬。

　　通过前文的阐释，《红楼梦》四大家族中史家的原型，是江南三织造中的苏州织造。苏州织造的本职任务是做赏赐用丝绸和缂丝产品，作为密探机构的苏州织造给康熙皇帝完成了非常重要的秘密任务。那么，江南三织造中的杭州织造对应的是《红楼梦》四大家族中的王家，还是薛家呢？它又替皇帝完成了哪些任务呢？

之五 杭州织造之谜

前文讲述了《红楼梦》四大家族中贾家、史家的原型,分别跟康熙一朝的江宁织造、苏州织造有莫大的渊源,并且讲述了江宁织造、苏州织造,给皇帝完成了哪些本职任务,完成了哪些鲜为人知的秘密任务。

那么,江南三织造中的最后一个——杭州织造对应的是《红楼梦》四大家族中的王家,还是薛家?我认为,应该是"东海缺少白玉床,龙王请来金陵王"的王家。

整个《红楼梦》以贾府家里发生的故事为主要线索。对四大家族中其他三个家族的描写比较少,尤其是对王家的描写,更是少之又少。那么能不能在《红楼梦》里找到,王家的原型来源于杭州织造的一些依据?通过研究发现,还是能找到的。

《红楼梦》第十六回,贾琏告诉王熙凤,说元春省亲的事情,基本上确定了,王熙凤由此感慨,说自己之前没造化,没赶上太祖皇帝南巡时的热闹,这回元春省亲,终于可以见见世面了。在一旁的赵嬷嬷,就开始炫耀起她曾经看到贾府接驾的奢华场面。王熙凤也不甘示弱,赶紧说道,她们王家也预备过一次接驾。而且还说,那个时候,她爷爷单管各国进贡朝贺的事,凡有从海上来的外国人要向皇帝进贡,都是她们王家养活。粤、闽、滇、浙所有的洋船货物,都是她们王家管理的。

> 赵嬷嬷道:"阿弥陀佛!原来如此。这样说,咱们家也要预备接咱们大小姐了?"贾琏道:"这何用说呢。不然,这会子忙的是什么。"凤姐笑道:"若果如此,我可也见个大世面了。可恨我小几岁年纪,若早生二三十年,如今这些老人家也不薄我没见世面了。说起当年太祖皇帝仿舜巡的故事,比一部书还热闹。我偏没造化赶上。"赵嬷嬷道:"嗳哟哟,那可是千载希逢的!那时候我才记事儿,咱们贾府正在姑苏、扬州一带,监造海舫,修理海塘,只预备接驾一次,把银子都花的淌海水似的。说起来——"凤姐忙接道:"我们王府也预备过一次。那时我爷爷单管各国进贡朝贺的事,凡有的外国人来,都是我们家养活。粤、闽、滇、浙所有的洋船货物,都是我们家的。"

在这个片段中,借王熙凤的口,曹雪芹透露出《红楼梦》四大家族中王家的三个特征。第一,王家预备过一次接驾,但没有正式接驾。第二,王家曾经管理过各国向皇帝朝贡的事情。第三,还管理广东、福建、云南、浙江一带的洋船洋商事务。这三个特征,杭州织造的孙文成家恰好都具备。

杭州织造孙文成是曹雪芹的爷爷曹寅推荐给康熙的,他从康熙四十五年到雍正六年(1706—1728年)期间,担任杭州织造二十二年的织造官。

孙文成像

康熙四十五年,孙文成正式就任杭州织造,上任的第一件大事,就是准备迎接康熙南巡。在《杭州府志》有记载,"织造孙文成,启涌金水门,引水入城内,河广五尺,深八尺,至三桥转南,又折而东至织造府前而止,备南巡御舟出入。"(《杭州府志》卷五十三《水利一》)意思是说,杭州织造的孙文成,为了迎接康熙南巡,专门开辟了一条河。这条河连通西湖和杭州织造,以便康熙皇帝住到杭州织造以后,可以直接坐船出入西湖。但是第二年四月,康熙南巡到杭州,并没有住在杭州织造,而是住到西湖中间的孤山行宫去了。所以孙文成管理杭州织造期间,杭州织造有一次预备接驾,但没有正式接驾的记录。

那么王熙凤还说他爷爷曾经管理过各国朝贡的事,这件事跟孙文成有什么关系呢?

根据清《粤海关志》记载,原来孙文成在康熙四十二年(1703年),也就是他担任杭州织造之前,曾在广州当过一年的粤海关监督。粤海关监督就相当于今天广州海关的关长。清代粤海关主要职能就是管理粤、闽、滇、浙所有的洋船货物。此外还有一个重要职能,就是管理外国人朝贡。给皇帝朝贡也是有程序的。清代，但凡从西方过来走海路的外国人，要向皇帝朝贡必须先到广州，通过粤海关监督的审核。然后，由粤海关监督向皇帝汇报，皇帝批准后，外国人才能进京。最后，由粤海关人员护送外国人，一起进京。所以，正像王熙凤说的那样，凡有外国人来，都是他们家养活。其实这个养活有三层意思：管理、接待和护送。

  1684年（清康熙二十三年）清政府开放海禁，设粤（在广州）、闽（在厦门）、江（在云台山，今连云港附近）、浙（在宁波）四个海关。1757年（乾隆二十二年）关闭厦门、云台山、宁波三个海关，仅留广州一口对外贸易，粤海关遂居重要地位。皇帝派遣"监督"管理粤海关事务，以满族亲贵充任，具有与总督、巡抚平行而班次略后的官阶。鸦片战争前，粤海关并不直接管理来粤贸易的外国商人，而是通过特许商行——十三行进行管理。鸦片战争后，十三行垄断对外贸易的制度被废除，粤海关开始直接插手外贸管理。第二次鸦片战争时，英国攫取了中国海关管理权。1859年（咸丰九年）10月，海关总税务司英国人李泰国攫夺粤海关行政权，从此粤海关一直为帝国主义所把持，直到广州解放。

从这两点，我认为红楼梦四大家族中的王家，在现实中的原型，正是管理过杭州织造的孙家。

那么杭州织造主要替皇帝完成了哪些做丝绸的本职任务和秘密任务呢？

首先来说本职任务。杭州织造又叫红门局，因为它的大门一直是朱红色的，所以杭州当地的老百姓就直接管它叫"红门局"。大概位置在西湖边，劳动路的附近，现在基本上没有留下什么了，只剩下"红门局"这么个路名。杭州织造管理着很多民营的织造坊，主要分布在今天杭州城东的艮山门外。直到今天，仍然有很多地名，是跟丝绸相关的，比如蚕桑村，因古代家家户户种桑养蚕而得名。机神村，这里因曾经有一座供奉丝织业的机神庙而得名。笕桥镇，原来的"笕"字，是蚕茧的"茧"，是古时候蚕茧、蚕丝的集散中心和交易中心。乔司，是古代专业缫丝的区域，在杭州话中"乔司与缫丝"是同一个发音。这些地名,都说明了杭州丝绸产业在古代的盛况。

杭州红门局东起定安路,西至劳动路。封建朝代,杭州民间丝织业发达。由于文武百官所穿服饰需大量绸缎缝制,故从吴越国开始,杭州便设有官府织物机构,专事采办、制作丝帛织物以供朝廷百官和豪门权贵享用。到了明代,杭州丝织产业已颇具规模。明永乐二年(1404年),朝廷在御史台旧址专设织造局,负责织染绸缎,为皇室制作凤冠龙袍、纶巾缎靴。

杭州素有"丝绸之府"美称,而红门局则可被视为"府中之府",内分官厅和织厅,官厅主要负责采集、运输及管理等事物,有

杭州红门局示意图

各种用房上百间,并建有三个大厅,正厅悬挂"天章首焕"的匾额;织厅主要由一百多个织染作坊和两个库房组成,其大堂的匾额写有"经纶"二字。红门局汇集能工巧匠,精染细纺各色绫罗绸缎,做工考究,质地优良。

杭州织造除了给皇帝朝廷做部分服饰以外,还有一个很重要的职能,就是做装饰用的丝绸。比如皇宫里要举行庆典活动,为了烘托气氛,要到处悬挂彩色的丝绸,这种彩色的丝绸就是装饰用丝绸。这种丝绸,在《红楼梦》里也可以看到,比如十八回元春省亲时,元春换完衣服后,进入大观园,书里描写的是,"只见园中香烟缭绕,花彩缤纷"。这里面写的"花彩缤纷",就是指五彩的丝绸飘舞的样子。说明贾府为了烘托喜庆的气氛,到处布置了五彩的丝绸。这样的丝绸,当时一般就由杭州织造来完成。

之前,我们在说江宁织造、苏州织造都有一门绝技,杭州织造有没有绝技?有的,它的绝技叫做"薄如蝉翼"。

为什么这么说?杭州丝绸一直就以轻、薄著称,比如杭州织造的主打产品杭罗,就非常轻薄透气。杭罗面料的特点是挺括、滑爽、透气。用杭罗做的衣服,夏季穿起来特别凉快,所以皇帝夏天穿的衣服,许多都是杭罗做的。现在这门杭罗技艺,已经列入世界非物质文化遗产。

> 罗因产于浙江杭州,故名杭罗。杭罗由纯桑蚕丝以平纹和纱罗组织联合构成,有横罗和直罗两种,具有等距规律的直条形或横条形纱孔,孔眼清晰,穿着舒适凉快。在杭罗上刺绣的方法称为戳纱或者挑罗。杭州的杭罗因与江苏的云锦、苏缎并称为中国的"东南三宝"而驰名中外。"杭罗织造技艺"作为中国蚕桑丝织技艺中的重要代表性项目,已于2009年9月30日经联合国教科文组织批准列入"世界非物质文化遗产"名录。传承单位为杭州福兴丝绸厂。

但是杭罗还不是最轻薄的产品,杭州织造生产的最轻薄的产品,叫做"蝉翼纱"。从这个名字,大家可以想象一下,像蝉的翅膀一样,可见这种丝绸有多轻、有多薄,这就是杭州织造的绝技——"薄如蝉翼"。

蝉翼纱,官方的名称叫"号纱"。清末洪氏《江皋杂识》中有记载:"明末有蒋昆丑者,以纺织为业,……蒋乃易以团花疏朵,轻薄如纸,……名曰'皓纱'。"意思是说,蝉翼纱是明代末期杭州一位叫蒋昆丑的人发明的。

关于蒋昆丑发明蝉翼纱的故事,杭州民间流传有好几个版本,其中一个是这样讲的。

蒋昆丑,家住在西湖边,是一个织造高手。他凭着一台祖传下来的织机,能织出各种漂亮的绫罗绸缎,远近闻名。一开始,他的日子过得很滋润,可是好景不长,一些同行见蒋昆丑的生意特别好,就把店开到蒋昆丑家附近。一时间,他们家前前后后开出很多丝绸作坊。那些老板资金雄厚,善于经营,蒋昆丑只是一个技术高手,根本不是他们的对手。

眼看别人家的生意越来越红火,自己日子却越来越难过,空有一身技术。怎么走出这个困境?反复琢磨,思前想后,最后,蒋昆丑认为唯一的办法,就是在品种上创新。在品种上创新,可不是件简单的事,他绞尽脑汁,也想不出个新点子来。跑遍了杭州城所有绸庄,也没有看到一点新花样、新品种,他非常失望。

有一天午饭后,蒋昆丑想休息,刚躺下,门外蝉声"知了知了"叫个不停,让他心烦意乱,随手拿起桌子上的砚台,朝门外树上的知了扔了过去,骂道:"我都不知该怎么办,你还在这里'知了知了'!"

知了受了惊吓,飞了起来。只见它张开的翅膀轻薄透明,在阳光下,既神奇又美丽,蒋昆丑见状大喜,高兴地喊道:"知了,知了,我也知了!"

蒋昆丑决定织出像蝉翼一样轻柔透明的丝绸,他日也思,夜也想,织了拆,拆了织。终于有一天,织出一块薄如蝉翼的丝绸。蒋昆丑给这种面料,取名"蝉翼纱"。一面市,大家争相购买,供不应求,产品还远销日本、朝鲜、印度等地。蒋昆丑因此扩大规模,招了一百多名工人,成了杭州丝绸行业中的首富。杭州织造,也就是我们前面讲的"红门局",见蝉翼纱后大喜。就决定和蒋昆丑合作,产品专贡皇帝和朝廷使用。不过作为贡品,名字要取得高雅一些,所以就给它重新取了个名字,叫"皓纱"。

这就是流传于杭州民间的,蒋昆丑发明蝉翼纱的故事。现在西湖边还有一条路，名叫"江山弄"，原名为"蒋纱弄"，据传就是蒋昆丑织蝉翼纱的地方，杭州话传下来，慢慢地就变成了"江山弄"。

蝉翼纱非常薄，几乎半透明，不太适合做衣服，一般用来做蚊帐、做窗纱、做装饰。

这种轻薄的面料，老百姓叫它蝉翼纱，官府叫它皓纱，可是到了《红楼梦》中，曹雪芹又给它取了两个更好听的名字。

在《红楼梦》第四十回，说贾母带着一大群人逛大观园，逛到了林黛玉的潇湘馆。看见黛玉的窗纱旧了，就让王夫人给她换新的。王熙凤听了，知道这应该是自己的事，就赶紧接过来，说库房里还好多匹银红色的蝉翼纱，颜色好看，又轻又软，可以用来给林妹妹做新窗纱。

蒋昆丑织皓纱

这里就提到了"蝉翼纱"。可是后面贾母笑话王熙凤，说她竟然连这个纱都不认识。说这个纱，并不叫蝉翼纱，正经的名字叫"软烟罗"。因为它做成蚊帐或窗纱后，远远的看去就像软软的烟雾一样，其中银红色的那种又叫"霞影纱"。

> 说笑一会，贾母因见窗上纱的颜色旧了，便和王夫人说道："这个纱，新糊上好看，过了后来就不翠了。这个院子里头又没有个桃杏树，这竹子已是绿的，再拿这绿纱糊上，反不配。我记得咱们先有四五样颜色糊窗的纱呢。明儿给他把这窗上的换了。"凤姐儿忙道："昨儿我开库房，看见大板箱里还有好些匹银红蝉翼纱，也有各样折枝花样的，也有流云卍福花样的，也有百蝶

穿花花样的,颜色又鲜,纱又轻软,我竟没见过这样的。拿了两匹出来,作两床绵纱被,想来一定是好的。"贾母听了,笑道:"呸,人人都说你没有不经过,不见过;连这个纱还不认得呢,明儿还说嘴。"薛姨妈等都笑说:"凭他怎么经过见过,如何敢比老太太呢。老太太何不教导了他,我们也听听。"凤姐儿也笑说:"好祖宗,教给我罢。"贾母笑向薛姨妈众人道:"那个纱,比你们的年纪还大呢。怪不得他认作蝉翼纱,原也有些像,不知道的,都认作蝉翼纱。正经名字,叫作'软烟罗'。"凤姐儿道:"这个名儿也好听。只是我这么大了,纱罗也见过几百样,从没听见过这个名儿。"贾母笑道:"你能够活了多大,见过几样没处放的东西,就说嘴来了。那个软烟罗,只有四样颜色:一样雨过天晴,一样秋香色,一样

潇湘馆品软烟罗

松绿的,一样就是银红的。若是做了帐子,糊了窗屉,远远的看着,就似烟雾一样,所以叫作'软烟罗'。那银红的又叫作'霞影纱'。如今上用的府纱,也没有这样软厚轻密的了。"薛姨妈笑道:"别说凤丫头没见,连我也没听见过。"

凤姐儿一面说,早命人取了一匹来了。贾母说:"可不是这个。先时原不过是糊窗屉,后来我们拿这个作被,作帐子,试试也竟好。明儿就找出几匹来,拿银红的替他糊窗子。"凤姐答应着。众人都看了,称赞不已。

在这个情节中,虽然贾母说这个纱,不叫蝉翼纱,而叫软烟罗,但是我认为,实际上贾母说的"软烟罗"就是蝉翼纱。曹雪芹是通过贾母对王熙凤的否定,形成了一种对比,塑造了两个不同的人物形象。大家都知道,王熙凤虽然精明能干,但是风雅不足,在她眼里,蝉翼纱就是蝉翼纱。而贾母不同,她一直都是以高雅、有品位的贵妇形象出现。蝉翼纱到了她那里就艺术化了。大家可以细细品味一下,软烟罗、霞影纱,多好听的名字!

蝉翼纱又轻又薄又透,现在用机器织造这样的面料,都要比一般的面料难很多。在古代用手工织造出这样薄如蝉翼的面料,技术难度是可想而知的,所以这是杭州织造的一门绝技。

做杭罗、蝉翼纱、装饰用丝绸等,就是杭州织造主要的本职任务,同样作为康熙皇帝的密探机构,杭州织造又替皇帝完成了哪些秘密任务?

杭州织造成为康熙皇帝的密探机构,时间要比江宁织造、苏州织造晚得多。康熙四十五年,孙文成到杭州织造后,才开始执行秘密任务。杭州织造完成的秘密任务中,基本上没有跟政治、经济相关的大事,可能康熙皇帝只把它作为南京、苏州的后补密探机构。

孙文成之前当过粤海关监督,对海运、海事比较熟悉,所以康熙主要让他打探浙江、福建沿海发生的一些事情。现在我们看到,孙文成写给康熙的密折,留下来的有二百一十三道,其中二十五道都是汇报浙江、福建海上事务的。

奏闻温州洋面海贼劫船折

康熙四十七年闰三月二十四日

奴才孙文成谨奏，为闰三月十九日奴才在普陀山时钦遵谕旨奏闻所闻贼信事。前往福建一船，内所乘之福建提督蓝理家人田富，黑鬼子一人，定海镇总兵官施世骠所属中军官王天贵弟王四及商人，连船内水手算入共八十人，闰三月十七日，至浙江省温州所属南麂山后，遭遇海贼船三只。八十人内，田富、王四、商人，连水手算入七十三人为贼所拿，黑鬼子、水手共七人，乘坐小舢板子始得出来，谨此奏闻。

朱批：尔再探取此贼信息，究为何处之贼？巡海缉贼之兵又如何？

(《孙文成奏折》)

此外，孙文成还在康熙皇帝和江南文人之间起一个纽带的作用。一方面帮忙传递东西，另一方面也笼络江南文人的人心。我们查看孙文成的密折，看到从康熙四十五年到康熙五十三年（1706—1714年），九年的时间里，孙文成一直帮一个叫高舆的人，给康熙皇帝送皮箱。难道康熙特别喜欢高舆做的皮箱？不可思议的是，孙文成还写了二十三道有关皮箱的密折。这些密折十有八九都说："皇上，高舆派人拿来几个皮箱，说都是给您的。我立即派人，护送高舆的家人，一起把皮箱送到京城来了。"

奏报差人齐送皮箱进京日期折

康熙四十五年七月二十五日

奴才孙文成谨奏闻，高舆差遣家人林山，将黄布皮所包八十五斤皮箱一个，七十斤皮箱一个，三十五斤皮箱一个，于七月二十四日送来告称：此三皮箱内所装之物，俱系进呈御览之物云云。是以于二十五日令王五陪同高舆家人林山齐送，谨此奏闻。

朱批：知道了。

(《孙文成奏折》)

这个高舆是谁？高舆为什么要通过孙文成送皮箱？说起高舆，可能大家都不熟，但是他的父亲却很有名。

高舆的父亲叫高士奇，祖籍浙江余姚。他出身贫寒，康熙八年进入朝廷，一开始是担任翰林院供奉，也就是在皇帝读书的地方打杂。康熙十七年，皇帝为加强统治，专门设置了一个叫南书房的机构。就在这一年，高士奇调入南书房，开始教康熙做学问。康熙二十三年（1693年），高士奇调任翰林院侍讲学士，正式成为康熙皇帝的老师。高士奇一生，官虽然做得不大，最高也就做到了三品官。能从一个不起眼的芝麻官，变成受人敬仰的帝师，而且康熙皇帝非常喜欢他，两人的关系还十分密切，康熙到哪里都把高士奇带在身边。这说明高士奇确有不少过人之处。

根据清代文献记载，高士奇做什么事都非常用心、勤奋。比如他在翰林院教康熙读书的时候，对康熙每天做了什么事，见了什么人，说了什么话，高士奇都想办法弄清楚。他最为关心的是，康熙每天读了什么书。为此，他每天出门，都要装满一口袋金豆子，一到皇宫，就找到康熙的贴身小太监问："公公，昨天晚上皇上都读了什么书？"太监们就把康熙读了什么书，一五一十告诉他。高士奇，马上送上一粒金豆子，如此一来，太监们就非常乐意提供这类信息给他。高士奇也是多讲多送，随讲随送，往往一口袋金豆子，到晚上回家时，就全部都送完了。

高士奇像

高士奇从康熙皇帝的贴身太监那了解到这些信息以后，不管回家再晚，也都会把这些书找来仔细看，认真研究。到下次再陪康熙读书的时候，不管康熙问什么，哪怕一些再冷僻的问题，高士奇都能对答如流，头头是道。这让康熙对他的学识刮目相看。

此外，高士奇还有一个特点，非常机敏。杭州有一座著名的寺庙，叫灵隐寺。到杭州旅游的朋友大多都应该去过那里。但是否注意过，在灵隐寺天王殿正门上方，挂着一块大匾，上面写的不是"灵隐寺"，而是写着"云林禅寺"。我去过很多次，不知道为什么灵隐寺正门会挂这样一块匾，而不挂"灵隐寺"？后来跟寺庙里的僧人聊起来，才知道，这块匾的来历和康熙有关，和高士奇有关。康熙二十八年（1689年），康熙南巡到杭州灵隐寺，灵隐寺的住持带领着寺庙的僧人，一起恳请康熙为灵隐寺题字。康熙平时就喜欢书法，于是欣然同意。灵隐寺的"灵"，繁体字是"靈"，上面是一个"雨"字，中间并排三个"口"字，下面是一个"巫"字。没想到康熙一高兴，大笔一挥，就写一个"雨"字。还想往下写的时候，康熙突然停住了。为什么呢？原来一高兴，"灵"上面的雨字写得太大了，占了一半的位置，三个"口"和一个"巫"都写不下了。如果继续往下写，这个字一定不好看；如果重新写，当着这么多大臣和高僧，实在有点丢面子。这下才高八斗的康熙皇帝也为难了！跟随在旁边的高士奇一看，就明白了皇上的心思。他灵机一动，偷偷地在手心里写了两个字，然后假装替康熙磨墨，将手掌摊开给康熙瞄了一眼，康熙一看原来是"云林"二字，云这个字的繁体字"雲"和"靈"一样，上面都是一个"雨"字头。这时，高士奇还故意叹了一声："此寺天上有云，地上有林，真乃美景也。"康熙一听，心领神会，马上将错就错，写下了"云林禅寺"四个字。灵

云林禅寺

隐寺的和尚们一看,不对啊,这里叫灵隐寺,不叫云林禅寺啊。但是皇上既然这样题,应该是有他的用意吧。因此不管对错,欢欢喜喜地把这四个字做成了大匾,挂在了灵隐寺的大门口。从此,灵隐寺又有了一个新名字,叫云林禅寺。这个故事在康熙朝的《云林禅志》里也有记载,估计是为了照顾康熙的面子,把高士奇的那一段(《增修云林寺志》卷一《厉鹗》)隐去了。

从这几个小故事,不难发现,高士奇做事很用心,很机敏,水平不一般。但是康熙皇帝最看重的,还是高士奇的学问和才华。在康熙的心目中,高士奇是教他做学问最好的老师。根据《清史稿·高士奇传》的记载,康熙皇帝曾经当众称赞高士奇,说自己是有了高士奇以后,才真正找到做学问的门道,而且还说:"士奇无战阵功,而朕待之厚,以其裨朕学问者大也。"意思是说高士奇没什么战功,我待他这么好,是因为他对我做学问,起了非常大的作用。

高士奇这么有才华有学问,他的儿子高舆的学问也不赖,他是康熙三十九年(1700年)的进士,康熙四十四年(1705年)任翰林院编修。后来,奉旨回到浙江老家,帮康熙皇帝编校《佩文斋咏物诗选》一书。所以高舆也算得上江南地区的一大知识分子。

御定佩文斋咏物诗选

康熙四十五年,圣祖仁皇帝御定。自《艺文类聚》《初学记》,始以咏物之诗分隶各类。后宋绶、蒲积中有《岁时杂咏》,专收节序之篇。陈景沂有《全芳备祖》,惟采草木之什,未有荟合遗篇,包括历代,分门列目,共为一总集者。明华亭张之象始有《古诗类苑》《唐诗类苑》两集,然亦多以人事分编,不专于咏物。其全辑咏物之诗者,实始自是编。所录上起古初,下讫明代,凡四百八十六类。又附见者四十九类。诸体咸备,庶汇毕陈,洋洋乎词苑之大观也。夫鸟兽草木,学诗者资其多识,孔门之训也。郭璞作《山海经赞》、戴凯之作《竹谱》、宋祁作《益部方物略记》,并以韵语叙物产,岂非以谐诸声律,易于记诵欤?学者坐讽一编,而周知万品,是以摛文而兼博物之功也。至于借题以托比、触물以起兴,美刺法戒,继轨风人,又不止《尔雅》之注虫鱼矣。知圣人随事寓教,嘉惠艺林者深也。

原本未标卷第，惟分六十四册，篇页稍繁。今依类分析，编为四百八十六卷。

(《四库全书总目》)

为什么高舆经常通过杭州织造的孙文成送皮箱给康熙呢？皮箱里究竟装着什么？说起来，还是因为与高舆的父亲高士奇有关。高士奇还有一个过人之处。他在书画鉴赏上，有很高的造诣，高士奇收藏有大量的珍贵书画。比如，大家都非常的熟悉的《富春山居图》也曾被他收藏过。高士奇还把自己收藏的作品，编成一本书，书名叫《江村书画录》。而且，他生前就跟康熙皇帝约好，等自己去世后，让儿子把他收藏的珍贵书画，分成一批一批送到京城，给康熙欣赏。他还在《江村书画录》里标注好，先送哪一批，再送哪一批。康熙四十三年，高士奇去世。康熙四十五年，康熙皇帝的心腹孙文成上任杭州织造。从这一年开始，康熙就让高舆，按照高士奇的要求，把书画作品用皮箱装好，先送到杭州织造，再由孙文成安排可靠的人，送到京城。孙文成每次送书画，都要再写一封密折，告诉康熙皇帝这一次送的，有几个箱子，每个箱子有多重，派谁去了，交给谁，等等，写得十分清楚明白。所以才有了前面，高舆送了九年皮箱，杭州织造的孙文成写了二十三道关于皮箱的密折。

《江村书画目》是高士奇家藏书画的底帐，在清朝时曾经石门方氏吴锡麟祭酒收藏，东方学会于甲子年（1924年）印行。书后吴锡麟跋中称，该册系江村（高士奇）亲手所写，一直藏在石门方氏，据说得自高氏后人，到了清嘉庆年间被吴锡麟获得。民国时罗振玉的跋中认为，该书并非出自高士奇亲手所写，因为书中有注曰"文格公跋者"，而文格之号系高士奇去世后康熙帝所赐。但书中所记对书画的真伪优劣之鉴定，确是高士奇所为。

全书共分九部分内容。为进上、送、无跋藏玩、无跋收藏、永存秘玩、自题上等、自题中等、自怡、明董文敏真迹。每类中包括多种古书画，每种古书画下面都标出了真伪优劣及其购买时的价格。高氏用来进上的都是些何种书画呢？进字壹号中共包括52件古书画作品，进字贰号中有42件，大部分作品下面都标明赝、不真、幕本等字样。

此外，高舆送书画给康熙这件事，在近现代美术史上却留下了一个迷案，什么迷案？高舆送给康熙的书画中，有一些是假画。送假画给皇帝，这可是欺君之罪，是要掉脑袋的。难道高士奇父子，不知道送的是假画？不是。一个更奇怪的现象，在《江村书画录》里，高士奇明明已经标注了，哪些是真品，哪些假画。但是高舆还是把假画送给了康熙，而且每一批都有一些假画。难道高舆真的是胆大包天？对于这个问题，现代学者们主要有两个观点：一是说高氏父子私底下认为，康熙书画鉴赏水平确实一般，假画也不会认出来，风险不大。另一个观点是说高氏父子会把假画送给康熙，是因为康熙自己想看看假画是什么样，从而进一步学习鉴定书画真伪的方法。

通过研究孙文成的密折后，第二种观点似乎更可信。因为孙文成给康熙的密折中，不仅有关于高舆送箱子给康熙的内容，还有康熙还箱子给高舆的内容。我认为，康熙还给高舆的箱子里，装的就是那些假画。康熙通过那些假画，学会了如何辨别书画真伪的方法。对康熙来说，假画就没有用了，于是又通过杭州织造孙文成还给了高舆。

奏闻差人齐送皮箱折

康熙四十五年十一月二十七日

奴才孙文成谨奏闻，为差人齐送携回皮箱事。十一月初六日，王五将黄布所包皮箱一个携来告称：太监胡金朝取出此皮箱，奉旨送与高舆钦此，钦遵将二十斤之皮箱令王五送交高舆，谨此奏闻。

朱批：知道了。

（《孙文成奏折》）

除了替高士奇的儿子高舆传递东西以外，孙文成还充当康熙与江南地区另一个大学者的纽带，帮他们传递物品和信息。这个人是谁？大学者仇兆鳌。

仇兆鳌是浙江宁波人，他是明朝遗留下来的知识分子，在哲学和诗词研究方面，很有造诣。他是康熙二十四年（1685年）的进士，他一生之中曾有两次被任命为吏部右侍郎，但都是没做满一年就主动辞职了。康熙五十年（1711年），七十四岁的仇兆鳌第二次辞职，回到浙江老家。从那以后，康熙皇帝就隔三差五地通过孙文成赏赐东西给仇兆鳌，仇兆鳌也经常把自己写的诗、书之类的物品，送到孙文成处，让他转交给康熙皇帝。一直到康熙五十六年（1717年），仇兆鳌去世。孙文成的这个差事，才告一段落。

在杭州织造孙文成在帮康熙皇帝传递东西的过程中，我们还发现，康熙皇帝虽然很信任孙文成，让他帮江南文人传递东西，当成是自己的心腹。但是很忌讳孙文成跟这些江南文人来往过密。

比如，康熙四十八年，孙文成在安排送完高舆的箱子后，照例也给康熙写了一封密折。康熙在这封密折后面回复道："知道了，高舆此人稍乱，尔应多加密防。"意思是说，高舆这个人不太靠谱，你应该多加防范。孙文成看到这个批复，马上领会了康熙的意思。皇上不信任高舆吗？不是的，而是叫自己不要和高舆走得太近。孙文成胆战心惊，赶紧又写了一封密折，和高舆撇清关系。他告诉康熙，虽然自己替高舆传递箱子这么久，但是和他一直保持着距离，他每次来杭州，自己顶多见个面，饭都没请他吃过一顿。此外，孙文成还极力告诉康熙，说自己只是尽心办理杭州织造的事情，绝对没有和地方官去喝过酒、看过戏。这些说明康熙皇帝希望江南三织造能尽可能保持独立性，不要卷入地方的关系中，能客观公正地完成交给他们的秘密任务。

奏复遵旨密防高舆折

康熙四十八年十一月二十四日

奴才孙文成谨奏，为钦遵谕旨事。十月初三日，奏闻将所携回匣子差人送与高舆时，奉朱批谕旨：高舆此人稍乱，尔应多加密防。奉颁宽仁训谕，奴才不胜感激欢悦。奴才系生长院内无知懵懂粗野之奴，原与高舆不相识，圣主将奴才孙文成补放杭州织造衙门后，钦奉谕旨，王五办理高舆之事，既住在南省，尔即照顾钦此。办理高舆之事时，租雇驮骡、骑骡之盘川，奴才每次给与王五银四十余两。高舆亲自来至杭州时,但只彼此行走会晤,并未备办一餐饭,请高舆进来吃饭。奴才系家奴,高舆系汉人,若彼此交往,则断然不成。奴才住在杭州,仅办理奴才衙门之事,绝无与地方官彼此喝酒、听戏、不顾体面请托诸事。不分昼夜,兢兢业业,惟恐有玷主子之法度。蒙圣主洪恩训谕,奴才涂肝穿肺,谨记遵行,谨此奏闻。

朱批:知道了。

(《孙文成奏折》)

从杭州织造孙文成完成的秘密任务中,可以看出来,康熙一方面对汉族的文化和文人都十分重视,不管是出身贫寒的高士奇父子,还是明朝遗留下来的学者仇兆鳌,只要有才华、有学问,他都十分关照,并且虚心向他们学习。他自己不能常去江南,就通过杭州织造孙文成这些心腹,和他们保持密切联系、传递物品、交流学问。康熙皇帝对知识分子这样尊重一方面可以实现对国家文化艺术的管理,另一方面它又成为康熙治理国家的一个重要手段。

至此,江南三织造究竟分别对应《红楼梦》四大家族中的哪三个家族,已经全部揭晓。曹雪芹在描写四大家族的整体特征时,有八个字:"一荣皆荣,一损皆损。"那么作为贾、史、王三家原型的江南三织造,是不是也具备这一特征呢?

之六 一荣皆荣,一损皆损

前文已经一一阐述了小说《红楼梦》四大家族中贾、史、王三家，在现实中的原型是康熙年间分别管理江宁织造、苏州织造、杭州织造的曹、李、孙三家。也介绍了江南三织造分别替康熙皇帝完成了哪些做丝绸的本职任务和哪些秘密任务。

在曹雪芹的笔下，《红楼梦》中四大家族的特征是"一荣皆荣，一损皆损"，这八个字可以说是现实中管理江南三织造的曹、李、孙三家的真实写照。康熙三十二年，曹寅从苏州织造调任江宁织造，他的内兄李煦接管苏州织造，康熙四十五年，曹寅又推荐孙文成担任杭州织造，从那以后，曹、李、孙三家的命运就紧紧地联系到了一起。康熙皇帝对这三家"视同一体"，好像一户人家，从此一荣皆荣，一损皆损。那么，分别管理江南三织造的曹、李、孙三家，是如何一荣皆荣、一损皆损的呢？

首先来说"荣"。

三足鼎立的江南三织造，既是皇家御用的丝

元春省亲

绸机构，又是康熙皇帝的密探机构，曹、李、孙三家分别走上三织造的管理岗位后，他们在江南地区的地位迅速上升。既然这三家是《红楼梦》中贾、史、王三家的原型，他们的繁荣和兴盛，自然也就折射到了《红楼梦》小说中。

大家在读《红楼梦》时，哪一段印象最深？哪个场景最热闹、最奢华？毫无疑问，就是元春省亲的那一段。贾府又是大兴土木，建省亲别院，又是不惜重金，采办各种用品。省亲当天的大观园，更是布置得流光溢彩、金碧辉煌，连从皇宫里出来的元春，看了都感叹，实在太奢华了！

> 且说贾妃在轿内看此园内外如此豪华，因默默叹息奢华过费。忽又见执拂太监跪请登舟，贾妃乃下舆。只见清流一带，势如游龙，两边石栏上，皆系水晶玻璃各色风灯，点的如银光雪浪；上面柳杏诸树虽无花叶，然皆用通草、绸绫、纸绢依势作成，粘于枝上的，每一株悬灯数盏；更兼池中荷荇凫鹭之属，亦皆系螺蚌羽毛之类作就的。诸灯上下争辉，真系玻璃世界，珠宝乾坤。船上亦系各种精致盆景诸灯，珠帘绣幕，桂楫兰桡，自不必说。

那么曹雪芹写元春省亲的这一段，是完全虚构的，还是现实中曾经发生过？如果曾经发生过，究竟是哪个场面发生过？不是别的，就是康熙皇帝南巡，江南三织造接驾的场景。

康熙一生，六次下江南。康熙三十八年第三次南巡，这时曹雪芹的爷爷曹寅和舅爷爷李煦，已经在管理江宁织造和苏州织造了。从这次开始，康熙的后四次南巡，到达南京和苏州，就直接住在了江宁织造和苏州织造里面。江宁织造曹家和苏州织造李家倾尽人力、物力和财力，进行了盛大的接驾活动。正如《红楼梦》第十三回，秦可卿托梦给王熙凤说的那样，"真是烈火烹油、鲜花着锦之盛。"

> 凤姐便问何事。秦氏道："目今祖茔虽四时祭祀，只是无一定的钱粮；第二，家塾虽立，无一定的供给。依我想来，如今盛

康熙南巡图

时,固不缺祭祀供给,但将来败落之时,此二项有何出处。莫若依我定见,趁今日富贵,将祖茔附近多置田庄房舍地亩,以备祭祀、供给之费,皆出自此处,将家塾亦设于此。合同族中长幼,大家定了则例,日后按房掌管这一年的地亩、钱粮、祭祀、供给之事。如此周流,又无争竞,亦不有典卖诸弊。便是有了罪,凡物可入官,这祭祀产业,连官也不入的。便败落下来,子孙回家读书、务农,也有个退步,祭祀又可永久。若目今以为荣华不绝,不思后日,终非长策。眼见不日又有一件非常喜事,真是烈火烹油、鲜花着锦之盛。要知道,也不过是瞬间的繁华,一时的欢乐,万不可忘了那'盛筵必散'的俗语。此时若不早为后虑,临期只恐后悔无益了。"凤姐忙问:"有何喜事?"秦氏道:"天机不可泄漏。只是我与婶子好了一场,临别赠你两句话,须要记着。"因念道:"三春过后诸芳尽,各自须寻各自门。"凤姐还欲问时,只听二门上传事云板连叩四下,将凤姐惊醒。人回:"东府蓉大奶奶没了。"凤姐闻听,吓了一身冷汗,出了一回神,只得忙忙的穿衣,往王夫人处来。

那么杭州织造的孙文成呢？会不会节俭一些？没有，他是有过之而无不及。康熙第四次南巡前，孙文成上任杭州织造。上任的第一件事，就是筹备接驾。他大兴土木，重修杭州织造，还专门为皇帝开辟了一条河，连接西湖与杭州织造，就是为了康熙南巡住在杭州织造时，可以直接乘船出入西湖。

从康熙四十三年开始，曹寅和李煦担任织造官的同时，康熙还派他们轮流掌管两淮盐务。古代盐务，可是最攒钱的差事，盐的生产和贩卖都是朝廷垄断的，民间的盐商想经营盐务，必须要经过朝廷的批准和关照，还要缴纳重税。因此康熙让曹寅、李煦轮流掌管盐务，让他们又成了整个淮南、淮北地区盐商们极力巴结、讨好的对象。

这个阶段的曹、李、孙三家，在江南地区权势、地位，可以说都上升到了顶峰。一些江南地区的地方官员，要向皇帝请示什么，都要通过曹寅、李煦、孙文成向上转达；康熙有些旨意或东西要给地方官员的，也通过他们向下传达。江南的百姓背后悄悄说，这几个管织造的家族，可不简单，都是皇上的亲信，皇上下江南，都要住他们家。因此，对他们都恭恭敬敬。根据曹寅的好朋友袁枚的描述，说曹寅坐轿子外出时，总是故意在手上拿一本书，别人问他，"曹大人，您怎么这么好学？"曹寅回答，"不是我好学，而是百姓一看到我，都要站起来表示尊敬。我不是地方官，他们这样，让我心里非常不安，所以拿一本书挡住脸。"

康熙间，曹楝亭为江宁织造，每出，拥八骑，必携书一本，观玩不辍。人问："公何好学？"曰："非也。我非地方官，而百姓见我必起立，我心不安，故借此遮目耳。"

（《随园诗话》）

正因为曹、李、孙三家在江南地区地位高、权势重，所以他们管理江南三织造的过程中，能有效推动丝绸织造工作的改革和发展。这对整个江南地区丝绸业的发展，都起到了至关重要的作用。根据《续纂江宁府志》的记载，清代初期，为保障官营丝绸机构的利益，限制民间机户的发展，规定每户拥有织机的数量不准超过五十台，而且每台织机要纳税五十金，要官营织造机构颁发给他们许可证后,他们才能开工织造。这种行政手段和经济手段的双重限制,严重阻碍江南地区丝织业的发展。曹寅到江宁织造后,发现了这一弊端,上奏给朝廷,建议改革。后来不仅取消了对江南机户织机数量的限制,还永久免除了机户的税额。书中说道,"自此有力者,畅所欲为,至道光年间,遂有开五六百张机者"(《续纂江宁府志》卷十五),意思是说,从那以后,机户只要有实力,就可以随意扩张,到道光年间(1821—1850年),江南已经出现有五六百张织机的民间大机户。曹寅的这次改革对江南地区丝绸业的产业格局和规模的扩张,影响十分深远。

此外,在康熙早期,有沿用顺治朝的惯例。朝廷为了节省开支,有些丝绸制品库存一多的就下令停织,江南三织造就要遣散部分工匠,要碰上什么重大活动,不够用了,又紧急催派,江南三织造就要紧急招募工匠。这让几个管织造的很为难,而那些工匠也很可怜,一旦失业,一家老小都没饭吃。康熙四十七年(1708年),苏州织造李煦和曹寅一起上了一道密折,意思是建议朝廷实行"养匠"制度,意思是停织的时候,也养着工匠,不要遣散了,这样工匠们也不至于失业,也不至于耽误朝廷的紧急任务。这样的改革,稳定了江南地区丝织业的人才队伍,实际上也是保存了中国丝绸产业的技术实力。

曹寅、李煦奏陈织造事宜六款折

康熙四十七年六月

管理江宁织造臣曹寅、管理苏州织造臣李煦谨奏,为敬陈管见,仰祈睿裁事。

窃臣寅于康熙四十六年冬盐差任满复命,十二月十八日陛见。蒙皇上垂问,随具折条陈织造事宜六款。于四十七年二月初三日面奉圣谕:除修理机房、船只,停支买办银两三件准行外,惟制帛、线罗、诰命,每年应用若干,工部现存若干,须核实再一并启奏。

臣遵奉旨意,于回江宁之日,即移工部咨查。今准工部咨称:查明库存大红线罗二百六十二疋半,尚足十余年之用。明黄线罗十疋,尚足二年之用。二项暂且停织,库内用完之日,另行派织。制帛虽尚存库五百八十二段,止敷一岁之用,难以停织等语。

臣案查年例，制帛、线罗项下岁支银一千九百二十两。今部覆既称线罗暂行停织，应遵部文，俟库中用完，再当听文派织；其制帛一项，部覆虽存五百八十二段，止敷一岁之用，难以停织，是年例制帛仍应照岁定之数织解。惟坛庙郊告等帛，应俟需用之时，随时派织。是行派多寡，亦难预定，应如臣等原议，照局设制帛线罗机三十三张，约计应用料工每岁需银三千两，加以年例制帛，即可供一年织造；至诰命一项，今部覆：凡遇覃恩，皆由吏兵二部查明各官应领轴数，行文本部，方行派织，此系现用现派之项。现今诰轴俱不足应用，仍令该织造照所派数目，陆续织送。其每年应用若干之处，似难悬定等语。此诰命钱粮，既系现用现派之项，难以预定，亦应如臣等原议，照局设诰命机三十五张，约计应用料工每岁需银五千两，即可供一年织造。此制帛、线罗、诰命岁需钱粮，系照机张、人匠筹计，将来行派，则照部文织解。无派则存贮银两，以俟行派之用。

更有请者，神帛、官诰两机房，自顺治二年间案经内院臣洪承畴经定，除丝、颜等料照时采买外，其一应匠作工价，比因开织之初，惟期撙节，所定工价甚寡，较之段疋、倭段，仅十之二三。此各匠虽有工价名目，实皆民间各户雇觅应工，迄今六十余年。历任织臣，无可动钱粮，惟一循旧例，若竟行革除，则穷匠星散，谋食不能，束腹以待钦工。若听其贴养，则穷檐蔀屋，虽升斗分文，尚属艰难，而责之帮工，曷能免胥吏诛求之累。伏思皇上宵旰殷忧，无时不以民瘼为重。臣等虽至愚，敢不仰体睿怀，绳勉从事。但诰帛工价，岁有成案，臣督织以来，即昼夜图维，未有善全之策。今幸值江、苏两局织造钱粮，既岁于巡盐多得银内动支，此不足工价亦请于余银支给。臣等原议诰帛二项人匠，约计三百七十名，岁需银二千七百两，即可赡活群工。将来有无派织，皆需此养匠，其民间帮贴，概可革除。如此则穷匠小民咸沾圣泽，而钦工大典亦无旷误。敢请睿裁，仍归原议，诚垂久之至计也。

以上条陈事宜六款内，除江、苏二处买办银共二千两，既巡盐银内岁有馀剩，此项应请停支外，共余五款，计诰、帛、线罗、养匠，共需银一万二千六百二十两。又江、苏二处修理机房，每处岁需银五百两。船只每处岁需银一千两。通共银一万五千六百二十两。臣等仰荷殊恩，报效无地，而巡盐银内尚有余剩，请自戊子纲为始，前项银两于多得余银内支用，年终造册报销，永远定例。此臣寅、煦公同筹计，倘荷圣裁并赐准行，则藩司驿道既免支解之烦，而织造不至误工，地方永戴皇仁矣。

伏乞睿鉴，敕部议覆施行。

(《关于江宁织造曹家档案史料》)

杭州织造的孙文成呢，因为浙江是蚕丝原料的主要供应地，孙文成在管理杭州织造期间，就定期向朝廷汇报蚕丝的价格波动情况，协助朝廷调控原料的价格，对稳定整个丝绸行业起到了很大的作用。

因此，在曹、李、孙三家管理江南三织造期间，江南地区的丝绸业迅速走向繁荣。就拿浙江嘉兴的桑田数量来说，在明朝万历年间(1573—1620年)，嘉兴的桑田才六万多亩，到康熙中晚期，已经达到二十多万亩，翻了三倍多。桑田数量的剧增，说明了对蚕丝原料的需求旺盛，由此可见当时丝绸业的繁盛。这样的繁盛，是伴随着曹、李、孙三个家族的繁盛而来的。

但是，正如秦可卿在《红楼梦》第十三回，托梦给王熙凤说的那样，月满则亏，水满则溢，登高必重跌。三大家族的繁荣和兴盛到达顶峰的同时，也埋下了由盛转衰的祸根。

那么三大家族为什么会由盛转衰？这一点，《红楼梦》的作者曹雪芹，作为一个曹家人，他心里清清楚楚。并且把这个原因，在《红楼梦》小说中很多地方透露了出来。

许多《红楼梦》的读者都认为，《红楼梦》中家族和人物命运的转折点，是第七十四回，抄检大观园。因为抄检大观园，暗示了贾府后来被抄家的结局。但是我有一点新看法，我认为，整个《红楼梦》的转折篇章，应该是在第七十二回，"王熙凤恃强羞说病，来旺妇倚势霸成亲"。虽然仅凭题目，大家联想不到，与家族命运、人物命运有什么关系。但是这一回中，曹雪芹用大量的笔墨,描写了贾府面临的一个问题,什么问题?经济危机!

我们来看看,这一回说了好几件跟贾府的经济状况有关的事。

第一件事,贾母的丫鬟鸳鸯来看望生病的王熙凤,正要走时,被贾琏留住。贾琏百般讨好鸳鸯,有事相求。什么事?原来贾府入不敷出,钱周转不过来了。贾琏恳请鸳鸯,把贾母屋里,查不着的一些贵重物品,偷偷地运一箱子出来,拿去当了,换一些钱,好应付眼前的困境。

鸳鸯笑道:"也怨不得。事情又多,口舌又杂,你再喝上两杯酒,那里清楚的许多。"一面说,一面就起身要去。贾琏忙也立起身说道:"好姐姐,再坐一坐,兄弟还有事相求。"说着,便骂小丫头:"怎么不沏好茶来!快拿干净盖碗,把昨儿进上的新茶沏一碗来。"说着,向鸳鸯道:"这两日因老太太的千秋,所有的几千两银子都使了。几处房租地税通在九月才得,这会子竟接不上。明儿又要送南安府里的礼,又要预备娘娘的重阳节礼,还有几家红白大礼,至少还得三二千两银子用,一时难去支借。俗语说:'求人不如求己。'说不得,姐姐担个不是,暂且把老太太查不着的金银家伙偷着运出一箱子来,暂押千数两银子,支腾过去。不上半年的光景,银子来了,我就赎了交还,断不能叫姐姐落不是。"

第二件事,王熙凤说起前不久,贾母生日,贾府竟然拿不出钱来给她做寿。王夫人十分着急,急了两个月,都没想出办法。后来还是王熙凤提醒她,把家里一些不要用的贵重物品拿去变卖,才勉强凑够了给贾母做寿的钱。

凤姐冷笑道:"我也是一场痴心白使了。我真个的还等钱作什么,不过为的是日用,出的多,进的少。这屋里有的没的,我和你姑爷一月的月钱,再连上四个丫头的月钱,通共一二十两银子,还不够三五天的使用呢。若不是我千凑万挪的,早不知道到什么破窑里去了。如今倒落了一个放帐破落户的名儿。既这样,我就收了回来。我比谁不会花钱?咱们以后就坐着花,到多早晚是多早晚。这不是样儿:前儿老太太生日,太太急了两个月,想不出法儿来;还是我提了一句,后楼上现有些没要紧的大铜锡家伙四五箱子,拿去弄了三百银子,才把太太遮羞礼儿搪过去了。我是你们知道的,那一个金自鸣钟卖了五百六十两银子。没有半个月,大事小事倒有十来件,白填在里头。今儿外头也短住了,不知是谁的主意,搜寻上老太太了。明儿再过一年,各人搜寻到头面衣服,可就好了。"

第三件事,王熙凤和下人聊天的时候,一个叫"夏太府"的神秘机构打发来一个小太监,说是夏太府的主人,看中了一处房子,想买,但是还缺二百两银子,要问贾府来借。可贾府这时实在拿不出二百两现银来,没办法,王熙凤只好让平儿把自己两个金项圈拿去当了,换了四百两银子,一半给了小太监,另一半拿去操办中秋节。

一语未了,人回:"夏太府打发了一个小内家来说话。"贾琏听了,忙皱眉道:"又是什么话!一年他们也搬够了。"凤姐道:"你藏起来,等我见他。若是小事罢了,若是大事,我自有话回他。"贾琏便躲入内套间去。这里凤姐命人带进小太监来,让他椅子上坐,吃了茶。因问何事。那小太监便说:"夏爷爷因今儿偶见一所房子,如今竟短二百两银子,打发我来问舅奶奶家里,有现成的银子暂借一二百,过一两日就送过来。"凤姐儿听了,笑道:"什么是送过来!有的是银子,只管先兑了去。改日等我们短了,再借去也是一样。"小太监道:"夏爷爷还说了,上两回还有一千二百两银子没送来,等今年年底下,自然一齐都送过来。"凤姐笑道:"你夏爷爷好小气,这也值得提在心上。我说一句话,不怕他多心,若都这样记清了还我们,不知还了多少了。只怕没有;若有,只管拿去。"因叫旺儿媳妇来,出去不管那里,先支二百两来。旺儿媳妇会意,因笑道:"我才因别处支不动,才来和奶奶支的。"凤姐道:"你们只会里头来要钱,叫你们外头算去就不能了。"说着,叫平儿:"把我那两个金项圈拿出去,暂且押四百两银子。"平儿答应了,去半日,果然拿了一个锦盒子来，里面两个锦袱包着。打开时，一个金累丝攒珠的，那珍珠都有莲子大小；一个点翠嵌宝石的：两个都与宫中之物不离上下。一时拿去，果然拿了四百两银子来。凤姐命与小太监打叠起一半，那一半与了旺儿媳妇，命他拿去办八月中秋节。那小太监便告辞了。凤姐命人替他拿着银子，送出大门去了。这里贾琏出来笑道："这一起外祟何日是了！"凤姐笑道："刚说着，就来了一股子。"贾琏道："昨儿周太监来，张口一千两，我略应慢了些，他就不自在。将来得罪人之处不少。这会子再发个三二百万的财就好了。"一面说，一面平儿伏侍凤姐另洗了面，更衣往贾母处去伺候晚饭。

　　这几件事，都说明了同一个问题，就是贾府在歌舞升平、锦衣玉食的背后，实际上已经面临着十分严重的经济危机，已经到了要靠变卖家当来维持生活的地步。大家可以去翻翻《红楼梦》，七十二回之前，贾府还是办宴会、起诗社、谈情说爱、欢歌笑语，热闹非凡。七十二回之后，就是抄检大观园、晴雯去世、迎春误嫁中山狼等等，字里行间流露出来的都是贾府的衰败之势了。所以，曹雪芹在七十二回对贾府经济困境的描写，才是《红楼梦》家族和人物命运的转折。

　　为什么曹雪芹刻意用这么多笔墨，写贾府的经济危机？难道只是为了给小说中的人物命运埋下伏笔？当然不是。小说中贾府的经济危机，其实是影射了现实中沾亲带故的曹、李、孙三家的经济危机。而这个经济危机，正是三个家族由盛转衰的重要原因。

　　可管理江南三织造的曹、李、孙三家，在江南地区权势、地位如此显赫，怎么也会遭遇经济危机？

　　不知道大家还记不记得，《红楼梦》第十六回，王熙凤和赵嬷嬷议论皇帝南巡时奢华的场面，有这样几句话，一句是："只预备接驾一次，把银子都花的淌海水似的。"还有一句是："别讲银子成了土泥，凭是世上所有的，没有不是堆山塞海的，'罪过可惜'四个字，竟顾不得了。"这两句话，正是对江南三织造迎接康熙皇帝南巡时的真实描绘。比如，康熙四十二年（1703年），江宁织造曹寅、苏州织造李煦为了迎接康熙，除了扩修江宁织造、苏州织造，他们在扬州的三汊河岸,还专门另外修建了一座行宫。当时有一个姓张的诗人,形容过修建行宫时花费之巨大,其中两句是这样的,"三汊河干筑帝家,金钱滥用比泥沙",意思是说,为了修建皇帝的行宫,金钱滥用得像泥沙一样。

赵嬷嬷道:"嗳哟哟,那可是千载希逢的!那时候我才记事儿,咱们贾府正在姑苏、扬州一带监造海舫,修理海塘。只预备接驾一次,把银子都花的淌海水似的。说起来——"凤姐忙接道:"我们王府也预备过一次。那时我爷爷单管各国进贡朝贺的事,凡有的外国人来,都是我们家养活。粤、闽、滇、浙所有的洋船货物,都是我们家的。"

赵嬷嬷道:"那是谁不知道的?如今还有个口号儿呢,说'东海少了白玉床,龙王来请江南王',这说的就是奶奶府上了。还有如今现在江南的甄家,嗳哟哟,好势派!独他家接驾四次。若不是我们亲眼看见,告诉谁,谁也不信的。别讲银子成了土泥,凭是世上所有的,没有不是堆山塞海的,'罪过可惜'四个字,竟顾不得了。"凤姐道:"我常听见我们太爷们也这样说,岂有不信的。只纳罕他家怎么就这么富贵呢?"赵嬷嬷道:"告诉奶奶一句话,也不过是拿着皇帝家的银子往皇帝身上使罢了;谁家有那些钱买这个虚热闹去!"

那么这些花得像淌海水、像泥沙一样的银子,从哪来?朝廷有专项拨款吗?没有!曹寅、李煦能自己造钱吗?当然不能!

那怎么办?就只能从他们自己管理的织造衙门和两淮盐务中想办法了。江南三织造,别看是给皇帝和朝廷做丝绸的,实际上是个苦差事,朝廷根据任务量拨款。钱是固定的,但在实际生产过程中,一旦碰到原料涨价、工钱涨价,就入不敷出了。而且给皇宫的东西,都要不惜工本,精益求精,做得不好,还要赔钱!因此,江南三织造本身就是长年亏空的。两淮盐务,收入倒是很高,但这些收入,按规定要全部上缴朝廷。曹寅、李煦把织造和两淮盐务的钱,都用于接驾和修建行宫,结果导致江宁织造、苏州织造以及两淮盐务的巨大亏空!

康熙四十八年底,当时的两江总督噶礼给康熙皇帝汇报,说曹寅、李煦管理两淮盐务,亏空巨大,已经达到三百万两之多,请求弹劾曹寅和李煦。康熙皇帝看了这份奏折,竟然一没有震惊,二没有动怒,反而跟大臣们解释说:"曹寅、李煦用银之处甚多,朕知其中情由。"(《关于江宁织造曹家档案史料》)意思是说,曹寅和李煦,需要花银子的地方非常多,我明白其中的隐情。很明显,康熙皇帝知道两淮盐务的亏空,自己负有主要责任,但是撇开私情,两淮盐务亏空,关乎吏治和钱粮,是国家的重大管理问题。因此,康熙皇帝在公开场维护着曹寅、李煦,但是在私底下,又不得不提醒曹寅、李煦,要赶紧设法补完两淮盐务的亏空。

康熙四十九年,曹雪芹的舅爷爷李煦给康熙皇帝上了一封密折,说协助自己管理两淮盐务的一个下属去世了。康熙在后面批复:"风闻库币亏空者甚多,却不知尔等作何法补完?留心,留心,留心,留心,留心!"(《李煦奏折》)意思是说,我听说两淮盐务亏空很多,不知道你们会想什么办法补完亏空,后面连续用了五个"留心",让人触目惊心。

李煦的这封密折后,没过几天曹雪芹的爷爷曹寅给康熙上了一封密折,汇报江南地区的天气情况,可是康熙皇帝在这封密折后面的批复,同样让人胆战心惊。他写道:"两淮情弊多端,亏空甚多,必要设法补完,任内无事方好,不可疏忽。千万小心,小心,小心,小心!"(《关于江宁织造曹家档案史料》)意思是说,两淮盐务问题太多,亏空太多,你们一定要想办法补完,在你们的任期内不要出什么事才好,后面同样是一连四个"小心"。

五个"留心"、四个"小心",让曹寅、李煦的心提到了嗓子眼。后面他们也确实努力想办法,整顿两淮盐务,但是无奈积弊太深,改革的成效有限,亏空不可能在一朝一夕补完。康熙五十年(1711年)曹寅给康熙上了一道密折,题目叫《江宁织造曹寅设法补完盐课亏空折》,在这封密折中,根据曹寅的统计,两淮盐务的亏空,已经达到白银七百五十八万余两。而且在这封密折中,我们看到曹寅已经清楚了自身的险境,密折中有这样一句话:"况两淮事务重大,日夜悚惧,恐成病废,急欲将钱粮清楚,脱离此地。"(《关于江宁织造曹家档案史料》)意思是说两淮盐务亏空这件事情太重大,我日夜不得安宁,恐怕再下去会得重病,现在只想赶紧把钱粮亏空补完,脱离这个事务。

江宁织造曹寅奏设法补完盐课亏空折附钱粮实数单

康熙五十年三月初九日

江宁织造·通政使司通政使臣曹寅谨奏：

本月初八日折子回南，伏蒙御批：两淮亏空近日可曾补完否？新任运司如何？钦此。臣跪读之下，仰见皇上轸念两淮，垂警愚昧，至深至切，臣敢不据实上陈，以副圣念。

窃自去年二月蒙圣恩将李煦任内带徵一百万两，至十月十三日交代与臣，新旧共该存库银二百八十六万二千余两。臣自到任后，即与署道满都并力催徵，已完过九十万两，现在上纳尚该银一百九十余万两。易完者十分之九，不能完者十分之一，皆有通河保状，即不能完，众商人为之摊补，非比有司地丁漕项悬欠，或少缓惰不徵，即成实在亏空，难以追赔。臣与运道催徵，今年满任之时，可以补完八分，若尽数催徵，亦可全完。但臣今年新钱粮正杂带徵各项，多于往年，共该徵银二百三十八万余两，连前商欠共银五百二十余万两，如一时并责令共全完，商力恐有不继。去年皇上如此洪恩，若已故运司李斯佺不因病愦，则今年竟可清楚。至于臣身内债负，皆系他处私借，凡一应差使，从未挂欠运库钱粮，臣自黄口充任犬马，蒙皇上洪恩，涓埃难报，少有欺隐，难逃天鉴。况两淮事务重大，日夜悚惧，恐成病废，急欲将钱粮清楚，脱离此地，敢不竭蝼蚁之诚，以仰体圣明。所有钱粮细数，另开一单，以备御览。

署道满都，实心办事，所有漏规，分毫不取，培商裕课，深有裨益。新运司李陈常尚未到任，俟其到任后，臣观察真实，再当具奏。

钱粮实数单

一、四十九年交代，该存新旧库银二百八十六万二千余两，已完过九十余万两，尚该银一百九十余万两，臣细查催。

一项、乙丑纲未完引课银二十八万余两。此系商人领引运盐，盐船一到扬州，即可全完。

一项、李煦应代商捐补九万二千余两。此系从前运库旧欠。奉旨命臣等每年捐补二十三万两，所剩不多，商欠即可催完。

一项、戊巳两纲,预给银票银八十万余两。此系养培商力,宽其催比,名为预投,从前盐院,俱是如此,乃两淮旧例。俟捆盐上大船时,方行催完,不致拖欠。

　　一项、各场灶户未完折价银九万两。此系年遇灾荒,征比不前,以致拖欠。去年今年丰收,现在催比六续可以捕完,不致误课。

　　一项、历纲尾欠银四十四万余两。此系乏商悬欠,通河众商亦情愿摊补,来年即可捕完,不致有误。

　　一项、乏商欠正课银二十余万两。此系乏商因公补库未完者,正在严比,今年可以全清。

　　朱批:亏空太多,甚有关系,十分留心,还未知后来如何,不要看轻了。

(《关于江宁织造曹家档案史料》)

　　大家可以看到,在这封密折后面,康熙给他们施加的压力依然未减,他批复道:"亏空太多,甚有关系,十分留心,还未知后来如何,不要看轻了。"意思是说亏空实在太多,事关重大,你们要十分留心,不知道将来是什么结局,不要轻看这件事。

　　如此巨大的亏空,加上康熙一而再、再而三的郑重提醒,大家可以想象一下,曹寅、李煦在这个阶段是何等的焦虑。曹寅在密折中说自己"日夜悚惧,恐成病废",可以说是对自己命运结局的精准预言。没过一年,康熙五十一年(1712年)七月,曹寅去扬州办事,感染风寒,后转成疟疾,病情告急。苏州织造李煦迅速赶往扬州探视。曹寅对李煦说,医生给他用了好久的药,都没有成效,想必只有皇上赐的药,才能救我的命了。因此委托李煦,向康熙皇帝请求赐药治病,李煦不敢怠慢,赶紧写密折请求康熙赐药。康熙一看,急得不得了,写了一封长长的批复。

曹寅病重代请赐药折

康熙五十一年七月十八日

江宁织造臣曹寅，于六月十六日自江宁来至扬州书局料理刻工，于七月初一日感受风寒，卧病数日，转而成疟，虽服药调理，日渐虚弱。臣在仪真视鹺，闻其染病，臣随于十五日亲至扬州看视。曹寅向臣言：我病时来时去，医生用药不能见效，必得主子圣药救我。但我儿子年小，今若打发他求主子去，目下我身边又无看视之人。求你替我启奏，如同我自己一样。若得赐药，则尚可起死回生，实蒙天恩再造等语。

臣今在扬看其调理，但病势甚重，臣不敢不据实奏闻，伏乞睿鉴。

朱批：尔奏得好，今欲赐治疟疾的药，恐迟延，所以赐驿马星夜赶去。但疟疾若未转泄痢，还无妨。若转了病，此药用不得。南方庸医，每每用补剂，而伤人者不计其数，须要小心。曹寅元肯吃人参，今得此病，亦是人参中来的。金鸡拿专治疟疾。用二钱末酒调服。若轻了些。再吃一服。必要住的。住后或一钱。或八分。连吃二服。可以出根。若不是疟疾，此药用不得，须要认真。万嘱，万嘱，万嘱，万嘱！

(《关于江宁织造曹家档案史料》)

普通密折的批复，康熙要么就是三个字"知道了"，要么就是一两句话，十分简洁。可这次，康熙足足回复了近一百五十个字的批复，可见对曹寅的关心。

他先是告诉李煦，已经赐了专治疟疾的药，怕耽误时间，让送药的人日夜赶路，命令他们九天之内必须从北京赶到扬州。此外，还认真分析了曹寅的病情，叮嘱应该怎样服药，甚至每次服多少量，都写的清清楚楚。最后连续用了四个"万嘱"来叮嘱李煦用药要谨慎。可以看出康熙当时无比紧张、关切的心情。

按理来说，皇上亲自赐药、亲自诊断，曹雪芹的爷爷曹寅应该有救了。可是天子的恩情也抵不过天命，曹寅的结局令人扼腕叹息，他没有等到康熙赐的药，就于康熙五十一年七月二十三日溘然长逝，享年五十四岁。李煦给康熙的密折，汇报了曹寅去世的消息，并且告诉康熙，曹寅临终时仍然念念不忘江宁织造和两淮盐务的亏空，生怕连累妻子和子孙，去世时都不得安宁。李煦还请求康熙,恩准他代曹寅管理盐务一年,帮助曹家还清亏空,保全曹家人。

康熙在这封密折后面,是这样回复的:"曹寅与尔同事一体,此所奏甚是,唯恐日久尔若变了,只为自己,即犬马不如矣!"(《李煦奏折》)意思是说,曹寅和你是一体的,你这样帮助曹家是对的,我担心时间久了,你变了心,只管自己了,那真是犬马不如了!从这个批复,我们可以看到,康熙虽然没有直接表达他悲痛的心情,但是从字眼行间,我们可以依然感受到这个帝王的悲伤,曹寅和他从小一块读书习武,不仅是他最信任的臣子,更是他的知心好友,如今突然去世了,怎么不叫人倍感凄凉。

曹寅一直以来是管理江南三织造三个家族的主心骨,他突然去世了,无异于让原本三足鼎立的三个家族,失去了中坚力量,变得摇摇欲坠。李煦主动承担起带领三织造三个家族的任务,他先妥善安排了曹寅的后事,然后又四处打通关系,推荐曹寅的儿子曹颙接替江宁织造。又私下指导杭州织造孙文成,在自己代管盐务一年期满后,要他向康熙请求接任盐务管理。李煦希望通过这些安排,能稳住三个家族在江南的地位。

可是李煦的苦心安排,没能挡住管理江南三织造三个家族走向衰败的命运。康熙同意了曹寅的儿子接管江宁织造,但没同意杭州孙文成接任两淮盐务的请求,李煦的计划一半落空。而曹寅的儿子曹颙,接管江宁织造不到三年,也突然去世。曹寅只有这么一个亲生儿子,突然没了,曹家再次遭受严重打击,上下一片凄凉,最可怜的是曹雪芹的奶奶——李煦的妹妹李氏,年近六旬,短短三年里丈夫、儿子相继去世,人世间最悲哀的事情,也莫过于此了。

眼看曹家后继无人,家都快要散了。康熙实在于心不忍,于是又亲自费心安排曹家的家事。大家还记不记得,前文里说道,曹寅还有个弟弟叫曹宣,是康熙保姆孙氏的亲生儿子。他倒是有好几个儿子,康熙就让曹宣的第四个儿子曹頫,也就是曹雪芹的父亲,过继给李氏做儿子,接任江宁织造。处于绝望边缘的李氏,得知这个消息,感动不已,不顾年迈体弱,路途遥远,想亲自进京谢恩,都已经走到安徽滁州了,康熙知道后,马上下旨,让她不要这么劳累,赶紧回去,她才从滁州折回南京。

曹家在康熙的亲自安排下,暂时缓解了家破人亡的凄凉。康熙也要求曹雪芹的父亲曹頫,像曹寅一样,不仅管理江宁织造,也还要替他完成一些秘密任务,以示对他的重视和信任。比如康熙五十七年(1718年),曹頫给康熙上了一道请安的折子，康熙在后面批复到："朕安。尔虽无知小孩，但所关非细，念尔父出力年久，故特恩至此。虽不管地方之事，亦可以所闻大小事，照尔父密密奏闻，是与非朕自有洞鉴。就是笑话也罢，叫老主子笑笑也好。"（《关于江宁织造曹家档案史料》）意思是很明确地告诉曹頫，要替他打听地方大大小小的事情，像曹寅一样秘密地汇报，不管事情重要与否，都汇报上来。哪怕汇报错了，是个笑话，让老主子我笑笑也好。从这个批复，我们可以看到，康熙以老主子自居，对曹家人仍然十分亲切、信任。

从爷爷曹寅焦虑过度去世，到曹、李、孙三家由盛转衰，曹雪芹都知道，这一切都源于两淮盐务和织造经济上的巨大亏空。因此在写作《红楼梦》的时候，他不厌其烦地在第七十二回"王熙凤恃强羞说病，来旺妇倚势霸成亲"中，反复写贾府的经济危机，其实是影射现实中曹家的经济困境，所以我认为，第七十二回才是《红楼梦》全书的转折篇章。

从曹家由盛转衰的过程中，大家也可以看到，康熙皇帝明知道两淮盐务和江南三织造亏空巨大，却一直在袒护曹、李、孙三家。康熙六十一年（1722年），康熙皇帝驾崩，四皇子胤禛继位，也就是后来的雍正皇帝。康熙一去世，那么管理江南三织造的曹、李、孙家的末路，也就不远了。

此时，苏州织造李煦是三个家族新的主心骨，在康熙皇帝去世后，首先遭殃的就是他。

雍正元年（1723年），雍正皇帝刚登基，就查抄了苏州织造李煦家。一开始的罪名就是织造亏空、两淮盐务亏空，李家的家产全部充公，上上下下二百多口人，除李煦和他儿子李鼎留着继续审问，其他人全部公开变卖为奴，凄惨万分。

内务府总管允禄等奏李煦家人拟交崇文门监督变价折

雍正二年十月十六日

总管内务府事务·和硕庄亲王允禄、内务府大臣兼散秩大臣、内务府大臣来保、李延禧等谨奏：为请旨事。

准总督查弼纳来文称：李煦家属及家仆钱仲璇等男女并男童幼女共二百余名口，在苏州变卖，迄今将及一年，南省人民均知为旗人，无人敢买。现将应留审讯之人暂时候审外，其余记档送往总管内务府衙门，应如何办理之处，业经具奏。奉旨：

依议。钦此。经派江南理事同知和升额解送前来。等因。

当经臣衙门查明,在途中病故男子一、妇人一及幼女一不计外,现送到人数共二百二十七名口,其中有李煦之妇孺十口,除交给李煦外,计仆人二百十七名,均交崇文门监督五十一等变价。其留候审钱仲璇等八人,俟审明后亦交崇文门变价。等因。为此缮折请旨。送请总理事务王、大臣阅过,交奏事双全、员外郎张文彬等转奏。

奉旨:大将军年羹尧人少,将送来人着年羹尧拣取,并令年羹尧将拣取人数奏闻。余者交崇文门监督。钦此。

(《关于江宁织造曹家档案史料》)

雍正五年(1727年),李煦又被查出来新的罪名,原来他曾经买过几个苏州女子,讨好康熙的八皇子胤禩,而这个胤禩恰好是雍正的死敌,李煦罪无可赦。

内务总管允禄奏刑部议李煦为胤禩买女子罪名折

雍正五年二月二十三日

办理总管内务府事务·和硕庄亲王允禄等谨奏:为请旨事。接到刑部来文称:准贵衙门送来参奏李煦买苏州女子送给阿其那一案,经本部依例将奸党李煦议以斩监候,秋后斩决。等因具奏。奉旨:李煦议罪之处,着交总管内务府具奏请旨。钦此钦遵。相应咨送贵衙门查照。等因,准此。为此缮折请旨交奏事双全转奏。

奉旨:李煦着宽免处斩,流往打牲乌拉。钦此。

(《关于江宁织造曹家档案史料》)

雍正五年,七十三岁高龄的李煦被发配往打牲乌拉,也就是今天的吉林省北面,两年后去世。根据《前光禄大夫户部右侍郎管理苏州织造李公行

李煦晚年凄苦

状》记载,李煦在东北苦寒之地的两年,身边没有一个亲人,没有一个朋友,经常一整天没饭吃,最后是因饥寒交迫而死。

苏州织造李家,最后的结局是家破人亡。江宁织造的曹家,结局要好一些。雍正五年底,雍正以"江宁织造曹頫,行为不端,织造款项亏空甚多"(《关于江宁织造曹家档案史料》)为缘由,查抄了江宁织造曹家的全部家产,只在北京拨了少量的房屋田地,给曹家人度日。雍正六年(1728年),曹雪芹及其家人,全部从南京搬往北京,根据红学家们的考证,这一年曹雪芹应该才十三岁。曹家从此一蹶不振,家业凋零,仅靠朝廷的少量补给度日,后来曹雪芹搬到北京西郊的黄叶村,开始创作《红楼梦》一书。

曹雪芹创作《红楼梦》

上谕着江南总督范时绎查封曹頫家产

雍正五年十二月二十四日

奉旨：江宁织造曹頫，行为不端，织造款项亏空甚多。朕屡次施恩宽限，令其赔补。伊倘感激朕成全之恩，理应尽心效力；然伊不但不感恩图报，反而将家中财物暗移他处，企图隐蔽，有违朕恩，甚属可恶！着行文江南总督范时绎，将曹頫家中财物，固封看守，并将重要家人，立即严拿；家人之财产，亦着固封看守，俟新任织造官员绥赫德到彼之后办理。伊闻知织造官员易人时，说不定要暗派家人到江南送信，转移家财。倘有差遣之人到彼处，着范时绎严拿，审问该人前去的缘故，不得怠忽！钦此。

（《关于江宁织造曹家档案史料》）

杭州织造的孙家又怎么样？比曹家稍微好一些。雍正皇帝一登基，就派浙江巡抚查孙文成，没有查出什么罪名来。于是孙文成还跟以前一样，管理杭州织造的同时，秘密给雍正汇报江南地区的大小事。但是从雍正给孙文成的批复中，可以看到，雍正对孙文成的态度很严厉，甚至非常苛刻。到雍正五年底，雍正以孙文成年老体衰为由，革去了孙文成杭州织造的职务，孙家也全部搬回北京。

奏复钦奉朱批据实陈奏事

雍正五年六月初一日

奴才孙文成谨奏，为复奏训旨事。五月二十二日，奴才家人捧到皇上御批折子：凡百少不据实，你领罪不起，朕不比皇考自幼做皇帝的，不可忘记四十年的雍亲王钦此。奴才蒙皇上当个人看成，特谕启奏。若是奴才不据实，就负了主子莫大之恩，况屡经圣训，天威咫尺，奴才不敢益加惕厉，据实直陈，以仰答皇上明鉴万里之心，所有原奉朱批折子一个合并缴上，谨奏。

宋锦

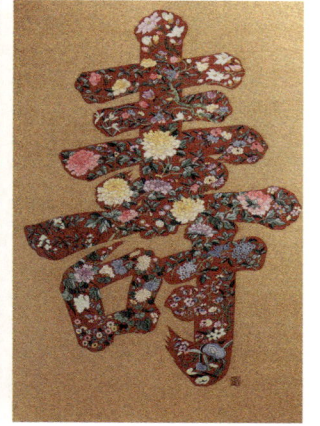
缂丝

朱批：好，言行要相符。

（《孙文成奏折》）

至此，分别管理江南三织造的曹、李、孙三家，正如《红楼梦》四大家族一样，一损皆损，全部走向衰落。江南三织造既做御用丝绸机构，又做密探机构的历史，也告一段落。从此以后，江南三织造全部回归它们做丝绸织造的本职任务，继续三足鼎立于江南，为中国丝绸的发展，产生了深远的影响。直到今天，南京、苏州、杭州仍然是中国丝绸产业的重要区域，无论产品还是技术，都遥遥领先。三织造的各种丝绸技艺，刺绣、宋锦、云锦、缂丝、杭罗、天鹅绒，等等，也都列入了人类非物质文化遗产，成为了中华文化的瑰宝。

这就是《红楼梦》四大家族中贾、史、王三家的原型曹、李、孙三家，是如何一荣皆荣、一损皆损的过程。管理江南三织造的曹、李、孙三家，为曹雪芹创作《红楼梦》提供了大量人物原型和故事原型。

云锦

刺绣

他们三家在管理江南三织造的过程中，经历的大起大落，也成为刺激曹雪芹的写作《红楼梦》的源动力。这也就是曹雪芹为何要在《红楼梦》的第一回，就开篇明义，写道"满纸荒唐言，一把辛酸泪。都云作者痴，谁解其中味？"的原因。他就是想告诉读者，这看似虚构的小说背后，事实上蕴含了作者本人及其家族的荣辱兴衰。这份荣辱兴衰正是他们家族在管理江南三织造的过程中所经历的。可以这么说，如果没有江南三织造与曹雪芹家族交汇的这一段历史，就不可能有伟大文学巨著《红楼梦》的产生。

我通过《红楼梦》为引子，给大家仔细梳理了康熙年间江南三织造的这段历史，希望大家再读《红楼梦》时，能有一些新的体会，能知道《红楼梦》的背后，曾经有一个三足鼎立于中华大地的江南三织造。此外，通过介绍了江南三织造生产的一些巧夺天工的丝绸产品和丝绸绝技，也希望大家能够知道，丝绸是我们中华民族的伟大发明和智慧结晶，一部经纬上的丝绸史，就是一部锦绣中华的文明史。

附录

人物传记

曹玺传

曹玺，字元璧，宋枢密武惠王裔也。及王父宝宦沈阳，遂家焉。父振彦，从入关，仕至浙江盐法道，著惠政。公承其家学，读书洞彻古今，负经济才，兼艺能，射必贯札。补侍卫之秩，随王师征山右建绩。世祖章皇帝拔入内廷二等侍卫，管銮仪事，升内工部。康熙二年，特简督理江宁织造。江宁局务重大，黼黻朝祭之章出焉，视苏杭特为繁剧。往例收丝则凭行侩，颜料则取铺户，至工匠缺则佥送，在城机户，有帮贴之累。众奸丛巧，莫可端倪。公大为厘剔，买丝必于所出地平价以市；应用物料，官自和买，市无追胥，列肆案堵；创立储养幼匠法，训练程作，遇缺即遴以补。不佥民户，而又朝夕循拊稍食，上下有经，赏赉以时，故工乐且奋。天府之供，不戒而办。岁比祲，公捐俸以赈，倡导协济，全活无算，郡人立生祠碑颂焉。丁巳、戊午两督运，陛见，天子面访江南吏治，乐其详剀。赐御宴、蟒服，加正一品，更赐御书匾额手卷。甲子六月，又督运，濒行，以积劳感疾，卒于署寝。遗诫惟训诸子图报国恩，毫不及私。江宁人士，思公不忘，公请各台崇祀名宦。是年冬。天子东巡，抵江宁，特遣致祭。又奉旨以长子寅仍协理江宁织造事务，以缵公绪。寅敦敏渊博，工诗古文词。仲子宣，官荫生，殖学具异才。人谓盛德昌后，自公益验云。

（《江宁府志·曹玺传》）

熊赐履传

熊赐履，字敬修，湖北孝感人。顺治十五年进士，选庶吉士，授检讨。典顺天乡试，迁国子监司业，进弘文院侍读。

康熙六年，圣祖诏求直言。时辅臣鳌拜专政，赐履上疏几万言，略谓："民生困苦孔亟，私派倍於官徵，杂项浮於正额。一旦水旱频仍，蠲豁则吏收其实而民受其名，赈济则官增其肥而民重其瘠。然非独守令之过也，上之有监司，又上之有督抚。朝廷方责守令以廉，而上官实纵之以贪；方授守令以养民之职，而上官实课以厉民之行。故督抚廉则监司廉，守令亦不得不廉；督抚贪则监司贪，守令亦不得不贪。此又理势之必然者也。伏乞甄别督抚，以民生苦乐为守令之贤否，以守令贪廉为督抚之优劣。督抚得人，守令亦得人矣。虽然，内臣者外臣之表也，本原之地则在朝廷。其大者尤在立纲陈纪、用人行政之间。今朝廷之可议者不止一端，择其重且大者言之：一曰，政事极其纷更，而国体因之日伤也。国家章程法度，不闻略加整顿，而急功喜事之人又从而意为更变，但知趋目前尺寸之利以便其私，而不知无穷之患已潜滋暗伏於其中。乞敕议政王等详议制度，参酌古今，勒为会典，则上有道揆、下有法守矣。一曰，职业极其隳窳，而士气因之日靡也。部院臣工大率缄默瞻顾，外托老成慎重之名，内怀持禄养身之念。忧愤者谓之疏狂，任事者目为躁竞，廉静者斥为矫激，端方者诋为迂腐。间有读书穷理之士，则群指为道学，诽笑诋排，欲禁锢其终身而后已。乞申饬满、汉诸臣，虚衷酌理，实心任事，化情面为肝胆，转推诿为担当。汉官勿阿附满官，堂官勿偏任司员。宰执尽心献纳，勿以唯诺为休容，台谏极力纠绳，勿以钳结为将顺，则职业修举，官箴日肃而士气日奋矣。一曰，学校极其废弛，而文教因之日衰也。今庠序之教缺焉不讲，师道不立，经训不明。士子惟揣摩举业，为弋科名掇富贵之具，不知读书讲学、求圣贤理道之归。高明者或泛滥於百家，沉沦於二氏，斯道沦晦，未有甚於此时者也。乞责成学院、学道，统率士子，讲明正学，特简儒臣使司成均，则道术以明，教化大行，人才日出矣。一曰，风俗极其僭滥，而礼制因之日坏也。今一裘而费中人之产，一宴而糜终岁之粮，舆隶被贵介之服，倡优拟命妇之饰，习为固然。夫风俗奢、礼制坏，为饥寒之本原，盗贼、讼狱、凶荒所由起也。乞明诏内外臣民，一以俭约为尚，自王公以及士庶，凡宫室、车马、衣服，规定经制，不许逾越，则贪风自息、民俗渐醇矣。虽然，犹非本计也。根本切要，端在皇上。皇上生长深宫，春秋方富，正宜慎选左右，辅导圣躬，薰陶德性，优以保衡之任，隆以师傅之礼；又妙选天下英俊，使之陪侍法从，朝夕献纳。毋徒事讲幄之虚文，毋徒应经筵之故事，毋以寒暑有辍，毋以晨夕有间。於是考诸六经之文，监於历代之迹，实体诸身心，以为敷政出治之本。若夫左右近习，必端其选，缀衣虎贲，亦择其人。佞幸不置於前，声色不御於侧。非圣之书不读，无益之事不为。内而深宫燕闲之间，外而大庭广众之地，微而起居言动之恒，凡所以维持此身者无不备，防闲此心者无不周，主德清明，君身强固。由是直接二帝三王之心法，自足措斯世於唐、虞、三代之盛，又何吏治之不清，民生之不遂哉？"疏入，鳌拜恶之，请治以妄言罪，上勿许。

七年，迁秘书院侍读学士。疏言："朝政积习未除，国计隐忧可虑。年来灾异频仍，饥荒叠见，正宵旰忧勤、彻悬减膳之日，讲学勤政，在今日最为切要。乞时御便殿，接见群臣，讲求政治，行之以诚，持之以敬，庶几转咎徵为休徵。"疏入，鳌拜传旨诘问积习、隐忧实事，以所陈无据，妄奏沽名，下吏议，镌二秩，上原之。八年，鳌拜败，命康亲王杰书等鞫治，以鳌拜衔赐履，意图倾害，为罪状之一。方鳌拜辅政擅威福，大臣稍与异同，立加诛戮。赐履以词臣论事侃侃无所避，用是著直声。上即位后，未举经筵，赐履特具疏请之，并请设起居注官。上欲幸塞外，以赐履疏谏，乃寝，且嘉其直。

九年，擢国史院学士。未几，复内阁，设翰林院，更以为掌院学士。举经筵，以赐履为讲官，日进讲弘德殿。赐履上陈道德，下达民隐，上每虚己以听。十四年，谕奖其才能清慎，迁内阁学士，寻超授武英殿大学士，兼刑部尚书。十五年，陕西总督哈占疏报获盗，开复疏防官，下内阁，赐履误票三法司核拟。既，检举，得旨免究。赐履改草签,欲诿咎同官杜立德,又取原草签嚼而毁之,立德以语索额图。事上闻,吏部议赐履票拟错误,欲诿咎同官杜立德,改写草签,复私取嚼毁,失大臣体,坐夺官。归,侨居江宁。

二十三年,上南巡,赐履迎谒,召入对,御书经义斋榜以赐。二十七年,起礼部尚书。未几,以母忧去。二十八年,上复南巡,赏赉有加。二十九年,起故官,仍直经筵。命往江南谳狱,调吏部。会河督靳辅请豁近河所占民田额赋,命赐履会勘。奏免高邮、山阳等州县额赋三千七百二十八顷有奇。三十四年,弟编修赐瓒以奏对欺饰下狱,御史龚翔麟遂劾吏部铨除州县以意高下,赐履伪学欺罔,乞严谴。下都察院议,赐履与尚书库勒纳、侍郎赵士麟、彭孙遹当降官,上不问,赐瓒亦获赦。

三十八年,授东阁大学士兼吏部尚书,预修圣训、实录、方略、明史,并充总裁官。典会试者五。以年老累疏乞休。四十二年,温旨许解机务,仍食俸,留京备顾问。四十五年,乞归江宁。比行,召入讲论累日。赐履因奏巡幸所至,官民供张烦费,惟上留意,上颔之,给传遣官护归。四十六年,上阅河,幸江宁,召见慰问,赐御用冠服。四十八年,卒,年七十五,命礼部遣官视丧,赐赙金千两,赠太子太保,谥文端。五十一年,上追念赐履,知其贫,迭命江宁织造周恤其家;谕吏部召其二子志契、志夔诣京师,皆尚幼,复谕赐履僚属门酿金饮之。

赐履论学,以默识笃行为旨,其言曰:"圣贤之道,不外乎庸,庸乃所以为神也。"著《闲道录》,尝进上,命备省览。雍正间,祀贤良祠。

(《清史稿·列传四十九·熊赐履传》)

李煦传

康熙六十一年,劳山李公亏织造库帑金四十五万两,上奏圣祖皇帝,清以逐年完补。今上即位,清查所在钱粮,覆核无异,温旨赦其罪,令罢官,以家产抵十五万两,又两淮盐商代完库三十馀万两,盖公视鹾时有德于商人也,帑金以清。雍正五年,以他事发遣口外,七年病卒。公之子鼎闻之,哭失声,不敢乞言于显者,果客公久,惧公懿美弗闻,谨为之状:公姓李氏,讳煦,字旭东,又字莱嵩,一字竹村。先世山东莱州府昌邑县人,本姓姜氏,祖讳某。父毅可公,讳士桢,顺治初贡生,廷对,用文吏筮仕,历官广东巡抚、都察院左都御史。蔚州魏敏果公奏天下清廉官七人,巡抚公与焉。公其长子也。年十四,侍巡抚公河南臬司治所。圣祖皇帝元年,恭遇覃恩,公以荫应授内阁中书,在都候选。岁甲寅,授中书舍人。巡抚公迁福建布政使,时耿精忠肆逆,制府李文襄公屯师衢州以扼贼冲,闻巡抚公才略,疏请留佐军幕。未几,调浙江布政使,而广东尚逆与八闽连兵,欲为乱。巡抚金公某荐公以原官效力行间,久历军事,授韶州府,在任四年,多惠政。后巡抚公自江西调任广东,公改补浙江宁波府。至则抑悍兵,锄豪猾,弭盗贼,培学校,绥养黎元,俗渐以淳,有汉循吏之风。郡人立生祠,图其像。丙寅,召入内务府,卫直禁陛,扈从出入,积节不懈,而办事敏干。圣祖察其忠纯,岁壬申,命视苏州织造。既至,厘剔积弊,澄汰浮费,匠不扰民,官不累匠。往时部员在任,尝睥睨督抚,奴隶州县,纵恣骄矜,寮吏因是多不法;公以道持躬,以法驭下,吏皆肃清。春秋佳日,与吴中贤士大夫饮射赋诗为乐,三吴以为盛事。圣祖念两淮盐课甲天下,须廉干风力之臣整饬之,而台员岁一更使,不获尽职,特命公与江宁织造曹公寅兼监察御史,董其事,令递相践更,期以十年为考绩。公自乙酉至癸巳,五视盐政,悉心筹画,所条奏以若干计,其大者如丁亥年奏陈商困,蒙恩将淮商借帑百万两概行蠲免。又与曹公奏请于五年内每岁以羡金代商捐补二十三万两。复以盐场价重,各郡积滞,转输为难,请缓运引,以纾商力。又以口岸壅塞,私盐充斥,请将淮扬各营武弁悉隶盐政衙门统辖,定处分严例。又请于三江口立江防盐政同知,专司讥察。又与曹公请宽奏销、考核期限,均以复命时举行,并乞湖南七郡盐价一例通销。其所剀切敷陈,动中机要。康熙戊子,东南所属频值水旱,公星轺按部,赈南北三十场贫灶丁十万馀口,及新增灶丁九十馀名,捐俸金修仪征县学宫,赒恤诸生,疏浚河道,淮扬之人,交口颂公,或垂涕洟。当壬辰纲,例应曹公视鹾,命下而曹公卒,公遵旨代理使事,一无所私。天子知公之贤,丙申、丁酉纲,诏再留二年。计七年之内,贡江宁、苏州织造钱粮一百四十三万两有奇,停江安藩司库支给,代商完欠一百十五万两,奏免商人借帑百万两,国赋以充,商力亦裕,盐政秩然。先是,乙酉岁,圣祖嘉念劳绩,拜公大理寺卿,曹公亦授通政使司通政使,兼织造如故;丁酉复晋户部右侍郎,洵异数也。果按盐铁官始自汉武元封中,鬻盐佐赋;魏、晋及唐,制凡几更,自刘晏为盐铁使,上盐法轻重之宜,官获其利,民不知贵,盐缗遂居天下赋税之半;宫闱服御、军饷、百官俸禄,皆取给焉。前明设转运使及提举,司课有额,以监察御使分查盐课;宣德中始令于淮提督军卫巡捕私盐,后岁一差,驻节扬州。我国家鉴前明之失,尽去"常股""存积""飞挽"诸名,而归之纲食,一切引课,尽输天府,法既详尽,而两淮盐法天下视为准则。公以密晤近臣,经画规置,惜商惠民,虽第五琦、刘晏何多让焉。己卯春,圣祖行省方之典,奉皇太后南巡,癸未圣祖临阅河工,乙酉、丁亥两年巡幸如前,凡四遇翠华南幸,车舆服御,行宫帐殿,大官尚食,应织造供顿:公竭诚致慎,次第得宜,未尝毫末扰民。其侍直行在,当独对时,凡吏治民生,必据实以奏,多所裨益。平居留心民瘼,东南水旱凶灾,辄上闻。当康熙四十七年,岁大歉,奉旨平粜,公减价济民,所费万计,全活甚众。荐达能吏,如盐运使司李公陈常、张公应诏,皆至大官,负一时重望;而保全善类,罹文网获矜全者,亦不少。公性孝友,内行淳备,其候选中书在都也,王母高太夫人尚在堂,年老,公事之甚谨。为内务府时,巡抚公方里居,公休沐日,与韩夫人谨问起居,烝烝色养。乙亥岁闻讣奔丧,以不得亲殡敛,痛不欲生。母王大夫人卒,哀恸过甚,生母文太夫人命四弟留养京邸,后奉迎南来,尽心侍奉,年至九十三而卒,孺慕之爱不少替。巡抚公廉洁,以薄产授诸子,公悉让之诸弟。同怀弟凡五人,官江南时诸弟南来省视,必谨视寒燠,留三四月,为制衣袭,厚以资之,苦家累者授之宅,未婚娶者佐之费,抚诸侄,恩意备至,振其乏困,资其膏火。侄某,夫妇早世,遗孤方稚,公尤加怜恤,饮食教诲之如孙。周氏女甥,内侄韩以培,其嫁与娶,费皆出于公。人戴公惠,而公终身无德色。为政持大体,貌浑厚而内精明,揣摩天下事不失毫发。好藏书,积几万卷。间落笔为诗文,泠泠有爽气。字有米友仁意。而尤爱马,江亭坦腹,命圉人牵至相视,或忘日夕。其高怀盖如此。公初以中书覃恩敕授□□□,次以恩授大理寺卿加六级,仍管苏州织造,再进光禄大夫,祖考赠如其官,夫人诰封一品夫人,祖妣、妣亦如之。公生于顺治乙未年正月二十九日,卒于雍正己酉年二月某日,春秋七十有五。娶韩氏,昌邑庠生晋卿公女,持躬端重,有材德,当圣祖南巡时,行宫之内,公所未及计算者,夫人辄能指办,以命妇朝谒皇太后,应对得体,皇太后以夫人汉人女晓习规矩为难。子二人,鼎、萧;女一人,黄阿琳其婿也,正黄旗参领兼佐领,为内务府营造司郎中佛公宝之子。公卒之日,囊无一钱,韩夫人已先数年卒,二子又远隔京师,亲识无一人在侧。方婴事时,下于理,刑部拟重罪,天子念其前劳,特恩从宽发遣,方行,牛车出关,霜风白草,黑龙之江,弥望几千里,两年来仅与佣工二人相依为命,敝衣破帽,恒终日不得食,惟诵圣天子不杀之恩,安之怡然。呜呼!公始终忠诚之概,可以见矣。初公与曹公更代视盐也,曹公病,公问疾,弥留之际,曹公张目以盐政及校刊佩文韵府书局事属公,公诺之。又念曹公两世官织造,奏请其子颙袭任,不二年而颙即世,公复保奏颙从弟頫复任织造事,不以生死易交。其所隶乌林达、笔帖式,或升迁,或身殁而负库银者,皆为代纳;故交子弟,单门寒畯,待以举火者,更数十百家,贫者给絮帱,死而不能敛者助埋殡,常禄所入,随手散尽,官织造三十年,时以千金赠人,而卒以亏损国帑,身挂吏议,赖天子圣明,曲赐矜全,然终贫困以死,而公终无纤毫芥蒂于昔之被德者也。呜呼!可不谓贤哉。果曾依公幕府,受知颇深,闻公之逝,痛悼久之,惟以素所服习于公,暨公所述韩夫人《行略》中语,排缵如右,而不敢有一言之溢。但使公之行事不泯没于当世,而后之欲知公为人者,可考信不诬焉。谨状。

(《前光禄大夫户部右侍郎管理苏州织造李公行状》)

王鸿绪传

王鸿绪,初名度心,字季友,江南娄县人。康熙十二年一甲二名进士,授编修。十四年,主顺天乡试。充日讲起居注官。累迁翰林院侍讲。十九年,圣祖谕奖讲官勤劳,加鸿绪侍读学士衔。时湖广有朱方旦者,自号二眉山人。造《中说补》,聚徒横议,常至数千人。自诩前知,与人决休咎。巡抚董国兴劾其左道惑众,逮至京,得旨宽释。及吴三桂反,顺承郡王勒尔锦驻师荆州,方旦以占验出入军营,巡抚张朝珍亦称为异人。上密戒勒尔锦勿为所惑。方旦乃避走江、浙,会鸿绪得其所刊《中质秘书》,遂以奏进,列其诬罔君上、悖逆圣道、摇惑人心三大罪。方旦坐诛。

二十一年,转侍读,充《明史》总裁。累擢内阁学士、户部侍郎。二十四年,典会试。二十五年,疏请回籍治本生母丧,遣官赐祭。二十六年,擢左都御史。疏劾广东巡抚李士桢贪劣,潮州知府林杭学尝从吴三桂反,乃举其清廉。士桢坐罢,杭学夺职。会灵台郎董汉臣疏陈时事,以谕教元良、慎简宰执为言。御史陶式玉劾汉臣摭拾浮言,欺世盗名,请逮治。鸿绪疏言:"钦天监灵台郎、博士等官,不择流品,星卜屠沽之徒,粗识数字,便得滥竽。请敕下考试,分别去留。"下部议行。汉臣及博士贾文然等十五人并以词理舛误黜。初,以式玉疏下九卿集议,尚书汤斌谓大臣不言,惭对汉臣。汉臣既黜,鸿绪偕左都御史璪丹、副都御史徐元珙合疏劾斌务名鲜实,并追论江宁巡抚去任时,巧饰文告,以博虚誉。上素重斌清廉,置弗问。

鸿绪论各省驻防官兵累民,略言:"驻防将领恃威放肆,或占夺民业,或重息放债,或强娶民妇。或谎诈逃人,株连良善;或收罗奸棍,巧生扎诈。种种为害,所在时有。如西安、荆州驻防官兵纪律太宽,牧放马匹,驱赴村庄,累民刍秣;百十成群,践食田禾,所至驿骚。其他苦累,又可类推。请严饬将军、副都统等力行约束。绿旗提、镇纵兵害民,以及虚冒兵粮者,不一而足,请饬督抚立行指参。"上命议行。

未几,以父忧归。二十八年,服阕,将赴补。左都御史郭琇劾鸿绪与高士奇招权纳贿,并及给事中何楷、编修陈元龙,皆予休致。语具士奇传。嘉定知县闻在上为县民讦告私派事,按察使高承爵按治。在上言尝以银馈举人徐树敏,至事发退还,因坐树敏罪。巡抚郑端覆讯,在上言尝以银五百馈鸿绪,亦事发退还。端乃劾乾学纵子行诈,鸿绪竟染赃银,有玷大臣名节,乞敕部严议。上特谕曰:"朕崇尚德教,蠲涤烦苛。凡大小臣工,咸思恩礼下逮,曲全始终;即因事放归,仍令各安田里。近见诸臣彼此倾轧,伐异党同,私怨相寻,牵连报复;虽业已解职投闲,仍复吹求不已,株连逮於子弟,颠覆及於身家。朕总揽万机,已三十年,此等情态,知之甚悉。媢嫉倾轧之害,历代皆有,而明季为甚。公家之事,置若罔闻,而分树党援,飞诬排陷,迄无虚日。朕於此等背公误国之人,深切痛恨。自今以往,内外大小诸臣,宜各端心术,尽蠲私忿,共矢公忠。倘仍执迷不悟,复蹈前非,朕将穷极根株,悉坐以朋党之罪。"时鸿绪方就质,诏至,得释。

三十三年,以荐召来京修书。寻授工部尚书,充经筵讲官。四十七年,调户部。其年冬,皇太子允礽既废,诏大臣保奏储贰,鸿绪与内大臣阿灵阿、侍郎揆叙等谋,举皇子允禩,诏切责,以原品休致。

五十三年,疏言:"臣旧居馆职,奉命为明史总裁官,与汤斌、徐乾学、叶方霭互相参订,仅成数卷。及臣回籍多年,恩召重领史局,而前此纂辑诸臣,罕有存者。惟大学士张玉书为监修,尚书陈廷敬为总裁,各专一类:玉书任志,廷敬任本纪,臣任列传。因臣原衔食俸,比二臣得有馀暇,删繁就简,正谬订譌。如是数年,汇分成帙,而大学士熊赐履续奉监修之命,檄取传稿以进,玉书、廷敬暨臣皆未参阅。臣恐传稿尚多舛误,自蒙恩归田,欲图报称,因重理旧编,搜残补阙,复经五载,成列传二百八卷。其间是非邪正,悉据公论,不敢稍逞私臆。但年代久远,传闻异辞,未敢自信为是。谨缮写全稿,齐呈御鉴,请宣付史馆,以备参考。"诏俞之。

五十四年,复召来京修书,充《省方盛典》总裁官。雍正元年,卒於京。乾隆四十三年,国史馆进《鸿绪传》,高宗命以郭琇劾疏载入,使后世知鸿绪辈罪状。

(《清史稿·列传五十八·王鸿绪传》)

高士奇传

高士奇,字澹人,浙江钱塘人。幼好学能文。贫,以监生就顺天乡试,充书写序班。工书法,以明珠荐,入内廷供奉,授詹事府录事。迁内阁中书,食六品俸,赐居西安门内。康熙十七年,圣祖降敕,以士奇书写密谕及纂辑讲章、诗文,供奉有年,特赐表里十匹、银五百。十九年,复谕吏部优叙,授为额外翰林院侍讲。寻补侍读,充日讲起居注官,迁右庶子。累擢詹事府少詹事。

二十六年,上谒陵,于成龙在道尽发明珠、余国柱之私。驾旋,值太皇太后丧,不入宫,以成龙言问士奇,亦尽言之。上曰:"何无人劾奏?"士奇对曰:"人孰不畏死。"帝曰:"若辈重于四辅臣乎?欲去则去之矣,有何惧?"未几,郭琇疏上,明珠、国柱遂罢相。二十七年,山东巡抚张汧以赍银赴京行贿事发,逮治,狱辞涉士奇。会奉谕戒勿株连,于是置弗问。事详《徐乾学传》。士奇因疏言:"臣等编摩纂辑,惟在直庐。宣谕奏对,悉经中使。非进讲,或数月不觐天颜,从未干涉政事。不独臣为然,前入直诸臣,如熊赐履、叶方蔼、张玉书、孙在丰、王士禛、朱彝尊等,近今同事诸臣,如陈廷敬、徐乾学、王鸿绪、张英、励杜讷等,莫不皆然。独是供奉日久,嫌疑日滋。张汧无端疑怨,含沙污蠛,臣将无以自明,幸赖圣明在上,诬构难施。但禁廷清秘,来兹蹇斐,岂容仍玷清班?伏乞赐归田里。"上命解任,仍领修书事。二十八年,从上南巡,至杭州,幸士奇西溪山庄,御书"竹窗"榜额赐之。

未几,左都御史郭琇劾奏曰:"皇上宵旰焦劳,励精图治,用人行政,未尝纤毫假手左右。乃有原任少詹事高士奇、左都御史王鸿绪等,表里为奸,植党营私,试略陈其罪。士奇出身微贱,其始徒步来京,觅馆为生。皇上因其字学颇工,不拘资格,擢补翰林。令入南书房供奉,不过使之考订文章,原未假之与闻政事。而士奇日思结纳,谄附大臣,揽事招权,以图分肥。内外大小臣工,无不知有士奇者。声名赫奕,乃至如此。是其罪之可诛者一也。久之羽翼既多,遂自立门户,结王鸿绪为死党,给事中何楷为义兄弟,翰林陈元龙为叔侄,鸿绪兄项龄为子女姻亲,俱寄以心腹,在外招揽。凡督、抚、藩、臬、道、府、厅、县及在内大小卿员,皆鸿绪、楷等为之居停,哄骗馈至,成千累万。即不属党护者,亦有常例,名之曰'平安钱'。是士奇等之奸贪坏法,全无顾忌,其罪之可诛者二也。光棍俞子易,在京肆横有年,事发潜遁。有虎坊桥瓦房六十余间,价值八千金,馈送士奇。此外顺成门外斜街并各处房屋,令心腹出名置买,寄顿贿银至四十余万。又于本乡平湖县置田产千顷,大兴土木,杭州西溪广置园宅。以觅馆餬口之穷儒,忽为数百万之富翁。试问金从何来? 无非取给于各官。官从何来? 非侵国帑,即剥民膏。是士奇等真国之蠹而民之贼也,其罪之可诛者三也。皇上洞悉其罪,因各馆编纂未竣,令解任修书,矜全之恩至矣! 士奇不思改过自新,仍怙恶不悛,当圣驾南巡,上谕严戒馈送,以军法治罪。惟士奇与鸿绪憨不畏死,鸿绪在淮、扬等处,招揽各官馈送万金,潜遗士奇。淮、扬如此,他处可知。是士奇等欺君灭法,背公行私,其罪之可诛者四也。王鸿绪、陈元龙鼎甲出身,俨然士林翘楚;竟不顾清议,依媚大臣,无所不至。苟图富贵,伤败名教,岂不玷朝班而羞当世之士哉? 总之高士奇、王鸿绪、陈元龙、何楷、王项龄等,豺狼其性,蛇蝎其心,鬼蜮其形。畏势者既观望而不敢言,趋势者复拥戴而不肯言。臣若不言,有负圣恩。故不避嫌怨,请立赐罢斥,明正典刑,天下幸甚。"疏入,士奇等俱休致回籍。副都御史许三礼复疏劾解任尚书徐乾学与士奇姻亲,招摇纳贿,相为表里。部议以所劾无据,得寝。

　　三十三年,召来京修书。士奇既至,仍直南书房。三十六年,以养母乞归,诏允之,特授詹事府詹事。寻擢礼部侍郎,以母老未赴。四十二年,上南巡,士奇迎驾淮安,扈跸至杭州。及回銮,复从至京师,屡入对,赐予优渥。上顾侍臣曰:"朕初读书,内监授以《四子》本经,作时文;得士奇,始知学问门径。初见士奇得古人诗文,一览即知其时代,心以为异,未几,朕亦能之。士奇无战阵功,而朕待之厚,以其裨朕学问者大也。"寻遣归,是年卒于家。上深惜之,命加给全葬,授其子庶吉士舆为编修。寻谥文恪。

论曰：儒臣直内廷，谓之"书房"，存未入关前旧名也。上书房授诸皇子读，尊为师傅；南书房以诗文书画供御，地分清切，参与密勿。乾学、士奇先后入直，鸿绪亦以文学进。乃凭藉权势，互结党援，纳贿营私，致屡遭弹劾，圣祖曲予保全。乾学、鸿绪犹得以书局自随，竟编纂之业，士奇亦以恩礼终，不其幸欤！

(《清史稿·列传五十八·高士奇传》)

图书在版编目（CIP）数据

《红楼梦》丝绸密码 / 李建华著 . —上海：上海科学技术文献出版社，2014.11
　　ISBN 978-7-5439-6413-6

Ⅰ . ① 红… Ⅱ . ① 李… Ⅲ . ①《红楼梦》研究 ② 丝绸工业—经济史—研究—中国　Ⅳ . ① I207.411 ② F426.81

中国版本图书馆 CIP 数据核字（2014）第 253710 号

特约编辑　吴志刚
责任编辑　王卓娅
装帧设计　一步设计

《红楼梦》丝绸密码

李建华　著

出版发行：上海科学技术文献出版社
地　　址：上海市长乐路 746 号
邮政编码：200040
经　　销：全国新华书店
印　　刷：上海中华商务联合印刷有限公司
开　　本：720×1000 毫米　1/16
印　　张：9.75
印　　数：1—15 000
版　　次：2014 年 11 月第 1 版第 1 次印刷
书　　号：ISBN 978-7-5439-6413-6
定　　价：32.00 元

http://www.sstlp.com